Autor _ V<small>OLTAIRE</small>
Título _ M<small>ICROMEGAS</small>
E OUTROS CONTOS

Copyright — Hedra 2007
Tradução© — Graziela Marcolin
Edição consultada — *Romans et contes*, Flammarion, 1966
Corpo editorial — Adriano Scatolin, Alexandre B. de Souza, Bruno Costa, Caio Gagliardi, Fábio Mantegari, Felipe C. Pedro, Iuri Pereira, Jorge Sallum, Oliver Tolle, Ricardo Musse, Ricardo Valle

Dados —

Dados Internacionais de Catalogação na Publicação (

H331 Voltaire (1694 – 1778)
  Micromegas e outros contos./Voltaire. 2ª. Edição. Tradução Gabriela Marcolin. Introdução Rodrigo Brandão. – São Paulo: Hedra, 2011. 1ª. Edição São Paulo: Hedra, 2007. 126 p.

  ISBN 978-85-7715-131-8

  1. Literatura Francesa. 2. Romance.
  3. Romance Impressionista. 4. Filosofia.
  I. Título. II. Arout, François-Marie (1694 – 1778). III. Marcolin, Gabriela, Tradutora.
  IV. Brandão, Rodrigo.

  CDU 840
  CDD 843

Elaborado por Wanda Lucia Schmidt CRB-8-1922

Direitos reservados em língua portuguesa somente para o Brasil

EDITORA HEDRA LTDA.

Endereço —
R. Fradique Coutinho, 1139 (subsolo) 05416-011 São Paulo SP Brasil
Telefone/Fax — +55 11 3097 8304
E-mail — editora@hedra.com.br
Site — www.hedra.com.br
Foi feito o depósito legal.

Autor _ Voltaire
Título _ Micromegas
e outros contos
Tradução _ Graziela Marcolin
Introdução _ Rodrigo Brandão
São Paulo _ 2012

Voltaire (Paris, 1694—Paris, 1778) é o pseudônimo do filósofo, poeta, dramaturgo e ensaísta francês François-Marie Arouet. Dono de uma vida atribulada, repleta de mudanças de endereço, prisões e exílios, defendia uma moral racionalista, baseada na coincidência do certo, do útil e verificável. Em decorrência da última de suas condenações, devida a um incidente com um nobre em 1726, Voltaire exila-se na Inglaterra, onde permanece por três anos, período que será crucial para sua formação intelectual. É lá que conhece a filosofia de John Locke, as teorias científicas de Isaac Newton, as obras de William Shakespeare, Alexander Pope, Jonathan Swift e o sistema monárquico britânico, o qual ele se encarrega de divulgar na França e em suas *Cartas inglesas* (1734). Seus textos são marcados por uma linguagem leve, que foge a toda grandiloquência, e por uma ironia e um humor muito particulares, com os quais ataca seus oponentes. É também autor de *Cândido ou o otimismo* (1759) e *Dicionário filosófico* (1764).

Micromegas e outros contos filosóficos da presente edição foram escritos por Voltaire na segunda metade do século XVIII e são assim chamados porque suas personagens e enredos ilustram discussões acerca de preocupações e conceitos caros ao autor, como a busca da felicidade e o lugar do filósofo num mundo de limitações e sofrimentos. Escritos por um Voltaire já maduro, os contos têm marcas evidentes do exílio do escritor na Inglaterra (1726–1729), quando, entre outros acontecimentos importantes, conheceu pessoalmente Jonathan Swift, autor de *As viagens de Gulliver*, obra cuja influência pode ser percebida em diversos aspectos da contística voltaireana, principalmente na ideia da existência de seres de outros mundos, que podem ser muito maiores ou menores que os humanos. Apesar de os contos representarem apenas uma pequena parte da vasta produção literária de Voltaire, é sobretudo por eles que o conhecemos hoje.

Graziela Marcolin é formada em Letras pela Universidade de São Paulo e em Cinema pela Fundação Armando Álvares Penteado. Trabalha como tradutora.

Rodrigo Brandão é doutorando em Filosofia e mestre pela Universidade de São Paulo. Atualmente, é professor de Filosofia na Universidade Federal do Paraná.

SUMÁRIO

Introdução, por Rodrigo Brandão 9

MICROMEGAS E OUTROS CONTOS   **27**

Carta de um turco 29

Micromegas 33

Mênon 57

História das viagens de Scarmentado 65

Os dois consolados 75

Aventura indiana 79

Elogio histórico da razão 83

Sonho de Platão 95

Pequena digressão 99

O branco e o preto 101

História de um bom brâmane 117

INTRODUÇÃO

VOLTAIRE E O CONTO FILOSÓFICO

Voltaire cedeu tardiamente ao romance e ao conto. Do ponto de vista teórico, sempre associou essas formas literárias à fábula, à imaginação desregrada, à ilusão e ao erro. Por exemplo: empenhado na difusão das teorias de Isaac Newton na França do século XVIII, Voltaire costumava atacar a filosofia de Descartes comparando-a a um romance. O cartesianismo não passaria de excesso de imaginação, de ilusão.[1]

De modo geral, o conto era malvisto no tempo de Voltaire, que também o considerava um gênero menor, com narrativas inverossímeis e temas desprezíveis, como o amor cavalheiresco. Mesmo assim, em 1739, numa carta a Frederico II da Prússia, o já quadragenário Voltaire se refere a um relato sobre um gigante chamado Gangan, uma bufonaria de arlequim, em suas próprias palavras. Ao que tudo indica, essa bufonaria consiste na primeira redação de "Micromegas".

Na verdade, esse interesse tardio pelo conto parece trair não apenas o gosto de nosso autor, mas sim o de toda uma época que, já na figura do próprio Voltaire, experimentava os limites da tradição classicista. Por isso, acompanhar a relação dos autores do século XVIII com o gênero romanesco é acompanhar também a história do romance, ver como ele começa a ganhar cidadania naquele século.

[1] Voltaire, *Cartas inglesas*, carta XIII.

INTRODUÇÃO

Dentro da tradição clássica, a *usage* da escrita se fazia em três gêneros: o sublime, o temperado e o simples.[2] O sublime exige a nobreza do assunto e pode ser exemplificado pela *Henriade*, de Voltaire, uma epopeia sobre o rei francês Henrique IV. O gênero temperado se caracteriza pela leveza e pela naturalidade, tanto do tema quanto da escrita. Voltaire tem uma enorme produção de poemas "temperados", os quais, na verdade, são galanterias ou sátiras, como o *Antigiton*, dedicado à atriz Adrianne Lecrouveur, o *La pucelle*, que conta satiricamente a história de Joana d'Arc, e muitas outras sátiras de personagens de seu tempo. Essa prática satírica lhe valeu, aliás, onze meses de prisão na Bastilha, quando, ainda muito jovem, foi acusado de ter composto versos contra o regente. Por fim, o gênero simples consiste em narrativas diretas, que evitam os ornamentos e buscam apresentar a verdade de um evento. Ora, como podemos ver, o conto parecia ter pouco espaço num contexto literário com essa estrutura formal.

No início de sua carreira de escritor, Voltaire se consagrou ao seguir os preceitos do classicismo, que costumava associar a imaginação à poesia e a razão à prosa. Obteve fama e prestígio como o autor da *Henriade* e de outras tragédias, assim como por poemas de salão. Os contos, como já foi aludido, surgiram somente após esta consagração nos gêneros clássicos, ocupando apenas uma pequena parte da vasta produção literária de Voltaire.

No entanto, a despeito do próprio autor, hoje o que dele mais conhecemos são seus contos. Qual um mestre, Voltaire foi capaz de trabalhar de tal maneira o gênero

---

[2] Há duas importantes obras que tratam dessa relação de Voltaire com o conto: R. Naves, *Le goût de Voltaire*, Paris, Garnier, 1938; J. van den Heuvel, *Voltaire dans ses contes*, Paris, Amand Colin, 1967.

que, por assim dizer, deu forma ao moderno conto filosófico, conferindo-lhe uma ligeireza e uma capacidade de condensação que se tornaram paradigmáticas.

Como entender, então, a ambiguidade da relação de Voltaire com o conto? Sem dúvida alguma, foi por diversos caminhos que Voltaire chegou a ele: por sua poesia leve e suas sátiras, admiração por Ariosto e La Fontaine, suas "crônicas", seus diálogos e, principalmente, sua "experiência inglesa", quando percebe as possibilidades filosóficas do conto.

O que chamo aqui de experiência inglesa não pode ser resumido somente aos anos em que Voltaire esteve exilado na Inglaterra (1726–1729), mas deve estender-se a todo o período que vai desde sua partida para o exílio até seus últimos anos de convivência com a *mme.* du Châtelet na propriedade de Cirey (1739). Enfim, refiro-me aos anos que vão desde a redação das *Cartas inglesas* (1726, mas publicadas apenas em 1734) até a confecção dos primeiros contos, a saber, "Sonho de Platão" e "Micromegas". Há três aspectos da experiência inglesa que gostaria de ressaltar: a perda da ilusão em relação à vida cortesã, o encontro com Jonathan Swift e o estudo da filosofia inglesa.

Os talentos de contista tinham sido, até este momento, limitados às exigências dos jogos de salão e da vida cortesã. O incidente com o nobre Rohan-Chabot — que urdiu o espancamento de Voltaire, dando início a todo o processo que terminaria por levá-lo, pela segunda vez, à Bastilha e, por fim, ao exílio na Inglaterra — fez o poeta desconfiar da vida frívola da corte e perceber como, na França, os escritores eram desrespeitados. Assim, Voltaire passa por um novo aprendizado, à medida que entra em contato com os filósofos e teólogos ingleses (em especial, John Locke, Isaac Newton e Samuel Clarke), com a obra de William Shakespeare, os poemas de Alexander Pope e as sátiras de Jonathan Swift.

Nosso autor creditava a *As viagens de Gulliver* seu amor pela língua inglesa, tendo lido essa obra logo após sua publicação em 1726. Pouco depois, Voltaire veio a conhecer pessoalmente Jonathan Swift, na primavera de 1727, em Londres, ocasião na qual nasceu a correspondência entre eles. É notável a importância de *Gulliver* para a formação do conto filosófico voltaireano, o que é particularmente perceptível em "Micromegas", composição em que um gigante surge para perturbar nossa tranquilidade e nosso conhecimento do mundo. Tanto em sua correspondência quanto nas *Cartas inglesas*, Swift é comparado a Rabelais. Ele é "o Rabelais inglês, mas sem confusão", com mais delicadeza e simplicidade.

Por fim, é preciso destacar a importância do estudo da filosofia em geral e especialmente dos autores de língua inglesa. Nesse período, Voltaire se dedicará a defender o empirismo de Locke, segundo o qual todas as nossas ideias advêm da experiência. A filosofia era apresentada por Locke como o trabalho do olho que vê, exigindo um esforço de distanciamento, de afastamento dos preconceitos de homem e de filósofo. O exercício desse esforço pode ser observado no *Tratado de metafísica* (1738), obra em que um gigante de outro mundo faz pela primeira vez a experiência da realidade humana. Um procedimento semelhante pode ser constatado em "Micromegas", na figura do gigante da estrela Sírius. Os estudos de Voltaire encontraram desafio ainda maior na obra de Newton, da qual se tornou um dos maiores defensores franceses. Com o auxílio de pessoas mais versadas no assunto (como *mme*. du Châtelet e Maupertuis), o filósofo se dedicou ao estudo da física e metafísica newtonianas, de modo a, em 1739, publicar os *Elementos da filosofia de Newton*, um dos livros de vulgarização científica mais lidos em toda a França do século XVIII. Assim, bem podemos observar a presença do universo newtoniano nos contos do autor. É esse universo compreensível e mensurável que nosso viajante estelar percorre. Além disso, provavelmente entre 1736 e 1737, outra preocupação começa a surgir nas obras de Voltaire, advinda da leitura do *Ensaio sobre o homem*, o longo poema filosófico de Alexander Pope, e dos textos de lorde Shaftesbury. Voltaire passará a tentar compreender o sentido e a força da harmonia, da ordem do mundo, apresentada por esses autores, buscará compreender principalmente o lugar do homem dentro da harmonia do universo, assim como o lugar do sofrimento humano numa ordem que parece não reservar espaço para ele.

Muitos desses temas podem ser observados nos contos da presente seleção. Em "Micromegas", subjazem a defesa do empirismo de Locke e da física newtoniana, assim como o questionamento da harmonia do todo de Pope e a perspectiva literária das *Viagens de Gulliver*, de Swift. Em "Mênon ou a sabedoria humana", constata-se a preocupação com o sofrimento humano em sua relação com a organização total do universo. Já em "O branco e o preto", toda a narrativa tem como pano de fundo o problema da realidade do mal.

Surgida após sua experiência inglesa, a produção de contos de Voltaire se deu em três períodos (1739–1759, 1764–1768 e 1774–1775), todos contemplados na presente edição. Passo agora a considerar alguns desses contos que apresentam, de modo exemplar, duas das preocupações

INTRODUÇÃO

do autor: a busca pela felicidade e o lugar do filósofo num mundo de limitações e sofrimento.

MICROMEGAS E OS EXTRATERRESTRES EMPIRISTAS

"Micromegas, uma história filosófica" é uma pequena narrativa publicada apenas em 1752, mas que, sem dúvida, foi redigida no período de permanência em Cirey (1735-1739). O conto resume, de maneira cômica e rápida, tanto as preocupações e perspectivas filosóficas de Voltaire quanto suas novas possibilidades do gênero de escrita.

"Micromegas" apresenta um mundo físico newtoniano e uma teoria do conhecimento fiel ao pensamento de Locke. O conto, entretanto, apresentará aspectos de um universo que não é só newtoniano, nem só lockeano. A variedade e a relatividade dos seres deste universo remetem a uma perspectiva filosófica que não é de todo estranha ao pensamento de Locke e Newton, mas que está mais próxima do *Ensaio sobre o homem* do poeta-filósofo Alexander Pope.

Em "Micromegas", um jovem gigante de cerca de 39 quilômetros de altura e com mais ou menos mil sentidos[3] é expulso de seu planeta após alguns problemas com as autoridades. Em Saturno, Micromegas se espanta com a pequenez de tudo o que vê e, curioso, conversa e se aproxima do secretário da Academia de Saturno, um anão de apenas dois quilômetros e possuidor de pobres 72 sentidos. Esse "anão", além de fazer alguns cálculos, também

[3] Na carta XXVI, *Sobre a alma das* Cartas inglesas, Voltaire já falara da possibilidade da existência de seres com mais sentidos em outros globos, o que não aparecia como uma ficção do autor, mas sim como expressão da relação entre quantidade de sentidos e amplitude de conhecimento.

escreve versos, numa clara alusão satírica ao secretário da Academia Francesa, o senhor Fontenelle — o qual, vindo a saber do teor zombeteiro da obra, impediu sua publicação na França.

É interessante notar que os extraterrestres do conto não são alienígenas, não são completamente alheios, distintos e estranhos aos homens. Não são totalmente outros, apenas diferem dos homens em suas proporções. Mais sentidos, maior longevidade e, assim, maior conhecimento. Mesmo que esses viajantes utilizem somente os cinco sentidos do homem, sua sabedoria depende da enorme quantidade de seus sentidos; é notável a relação entre conhecimento e sentidos e entre conhecimento e longevidade. Se todo conhecimento é atingido por meio dos sentidos, da experiência e da observação, quem tiver mais sentidos e for mais longevo, terá mais conhecimento. Além disso, essa concepção afirma que é possível existirem coisas para cuja percepção nossos sentidos não são adequados.

Já a uniformidade interestelar ganha seu sentido, se pensada em relação à física newtoniana, segundo a qual não existe uma realidade que não possa ser referida a nós pela medida. Daí a "familiaridade matemática" que reina em todo o universo: de uma parte a outra, todos se comunicam e partilham o mesmo gosto pela exatidão e pela precisão dos cálculos.[4] Todos, viajantes e filósofos, partilham de um universo apresentado em termos newtonianos. Os gigantes se aproveitam da gravidade e do movimento dos cometas para viajar, os filósofos sabem da propagação da luz e do leve achatamento da Terra nos polos.

---

[4] J. van den Heuvel, *Voltaire dans ses contes*, Paris, Armand Colin, 1967, p. 99.

INTRODUÇÃO

Os extraterrestres viajam utilizando seus conhecimentos de filosofia natural. Não existem naves. A atração e os movimentos dos astros possibilitam essa jornada. Aqui há algo interessante. Não há semelhança entre esses extraterrestres e as atuais histórias interestelares? O que diferencia "Micromegas" das nossas jornadas e guerras nas estrelas? Em primeiro lugar, não há naves, não há tecnologia que conduza os viajantes de um lado para o outro. Além disso, não há guerra entre os mundos, tudo é pacífico e harmonioso, a não ser na Terra, onde os exércitos se devoram. A viagem sideral de Micromegas e do anão não se assemelha às nossas histórias de ficção científica. O problema está na Terra, entre os homens. O mundo sideral, a organização do universo, é proporcional e possui leis que permitem, por exemplo, as maravilhosas viagens desses extraterrestres. Bem observado, o universo revela sua organização, proporção e gradação. Em alguns lugares, mil sentidos e quilômetros de altura, em outros, apenas cinco sentidos e alguns centímetros, mas tudo em seu lugar. O micro e o mega, componentes do nome do personagem principal, revelam essa relatividade. Micro ou mega de acordo com a posição em que o ser se encontra no universo.

O gigante da estrela Sirius, acompanhado do anão de Saturno, chega à Terra e mantém contato com filósofos tripulantes de um navio que acabara de voltar de uma expedição ao polo. A "expedição ao polo" é uma clara referência à expedição conduzida por Maupertuis à Lapônia, em 1737, bem como à expedição de La Condamine ao Peru, no mesmo ano em que se comprovou a teoria newtoniana do leve achatamento da Terra nos polos. É digno de nota que a referência à exploração da Lapônia torna-se particularmente evidente quando se percebe a clara correspondência entre o encontro de gigantes, descrito no conto, e a tempestade que danificou a embarcação de Maupertuis, em seu retorno do polo.

A primeira tentativa de comunicação por parte do gigante, que logo aprendeu francês, malogra devido à desproporção entre a altura de sua voz e a pequenez dos tripulantes da nau. Com sua voz mais suave, o saturniano consegue estabelecer contato com aqueles animálculos, explica-lhes a viagem que estão realizando, sua peregrinação em busca de conhecimento, e questiona se são felizes e se possuem uma alma. Nesse momento, os filósofos da nau se sentem ofendidos por duvidarem da existência de suas almas e calculam a altura do menor dos gigantes.

A fala do filósofo é interrompida pelo espanto do saturniano. Como é possível a esse ser minúsculo ter a exata medida de proporções tão distantes de sua pequenez? São geômetras esses pequeninos? Sim. São capazes de responder com presteza às questões físicas feitas pelos gigantes. Conhecem o tamanho da circunferência terrestre, quanto tempo é necessário para que a luz chegue até a Terra e medem com exatidão o tamanho do siriano.

Em face da grande sabedoria que os filósofos demonstravam a respeito das coisas exteriores, Micromegas pede que falem um pouco deles próprios e que expliquem de onde vêm e como formam suas ideias. O tom uníssono das respostas às perguntas sobre o mundo exterior (as perguntas sobre a filosofia natural), é substituído pela *diaphonía* da filosofia, pela discordância de opiniões, ou seja, pelas querelas da história da filosofia.

Aristóteles, São Tomás, Descartes, Malebranche e Leibniz, são todos alvos das alfinetadas de Voltaire, todos têm suas perspectivas representadas pelos homens-insetos. A reação a cada um desses personagens sectários é sempre comicamente negativa. Nos comentários do peripatético e do "animálculo de capelo tomista", o que é ridicularizado é o argumento de autoridade e o antropocentrismo. Já o cartesiano se vê embaraçado com o *nonsense* dos termos de sua filosofia e com as gargalhadas que suas concepções acerca do inatismo e da matéria como pura extensão provocam. A caricatura do malebranchista remete ao excesso do divino no sistema do padre Malebranche; de acordo com Voltaire, ao fim e ao cabo, só Deus existiria nesse sistema, visto que tudo existe nele e por ele. E a ligeira crítica a Leibniz se refere à obscuridade de suas explicações filosóficas: a difícil solução leibniziana da questão da relação entre alma e corpo, a explicação do relógio e seus ponteiros, a harmonia preestabelecida.

O partidário de Locke é o único dos filósofos que é agraciado com a simpatia dos gigantes. Mas por que querem abraçá-lo? Por que riem dos outros e se fraternizam com o empirista? Por que o lockeano conquista a simpatia dos dois gigantes? Porque, na verdade, esses viajantes também são ingleses. Não constroem sistemas, viajam e encontram na observação o *datum*, o ponto de partida de suas investigações. Micromegas e o saturniano sorriem para o lockeano, porque são, assim como ele, partidários do sensualismo e da análise e gargalham quando se encontram face a face com os "romances da alma" elaborados pela filosofia tradicional e por boa parte da filosofia do continente; os extraterrestres são empiristas. Mas, nesse empirismo, o marcante para o leitor é seu aspecto negativo. Delimitado o campo ao qual nosso conhecimento tem acesso, a saber, o campo do observável, há de se declarar ignorante sobre a alma. É justamente isso que Voltaire faz, em carta a Frederico II, de outubro de 1737:

Eu sempre limito minha metafísica à moral. Examinei sinceramente, e com toda a atenção de que sou capaz, se é possível ter alguma noção da alma humana, e vi que o fruto de todas as minhas investigações é a ignorância.

Quando se trata de questões que escapam ao domínio do observável, mesmo os gigantes com mais sentidos e conhecimento são incapazes de nos oferecer algo mais do que um livro em branco. No final das contas, "Micromegas" não oferece nenhum ensinamento, nenhuma lição sobre a metafísica. Somos como cegos falando sobre as cores, lembrando o conto "Pequena digressão". No entanto, não devemos nos esquecer de que os gigantes tinham se espantado com o conhecimento dos homens. A bem da verdade, todos, homens ou gigantes, têm incertezas e dúvidas insolúveis, somos todos micros e megas. Grandes quando nossos conhecimentos se referem ao mundo e ignorantes quanto às questões metafísicas. Eis talvez o sentido principal do nome do protagonista do conto.

É importante notar que, para apresentar o que foi dito anteriormente, Voltaire estabelece uma rica relação entre recursos linguísticos e filosofia. A crítica à linguagem dos sistemas é enriquecida com perspectivas filosóficas com as quais o autor ganhava familiaridade. A ironia e a sátira estão a serviço dessas perspectivas. O ataque aos sistemas filosóficos, em defesa de Locke e Newton, emprega um enfoque duplo da narrativa, que permite apresentar a reação aos sistemas a serem combatidos, descrevendo-os ora como uma arrogância absurda, ora como ridículos. Trata-se de um jogo entre o riso do leitor e o espanto da personagem, que acabam muitas vezes se misturando (na fala do tomista, por exemplo). Esse jogo fica ainda mais claro em contos posteriores como "Mênon ou a sabedoria humana" e "Viagens de Scarmentado", nos quais as personagens sofrem e nós rimos.

A crítica ao jargão filosófico ganha ainda mais sentido quando lembramos que o conto apresenta positivamente a teoria do conhecimento de Locke e a teoria cosmológica do universo newtoniano, contrapondo ambas à obscura filosofia do continente. No que se refere ao conhecimento do observável, a filosofia tem respostas unívocas, mas, sobre o inobservável, cabe apenas a modéstia de não dogmatizar. É por perceber tal jogo que evitamos considerar os contos de Voltaire uma mera brincadeira. À criação de situações extremas, nas quais as posições filosóficas se revelam ridículas, desprovidas de sentido e de "utilidade", à crítica ao jargão filosófico, devemos somar o embate de concepções filosóficas muito distintas. Por tudo isso é que o pensamento de Locke e Newton é importante para a compreensão de "Micromegas". Num universo newtoniano regido por leis cognoscíveis e necessárias, encontram-se dois viajantes-filósofos extraterrestres que, por fim, são bem fiéis ao sensualismo de Locke. Note-se a insistência em temas como a relação entre sentidos e conhecimento, os instrumentos de medição e a própria ideia do viajante, do estrangeiro, que, desprovido de preconceitos, encarna aquela exigência filosófica de distanciamento do entendimento que deseja se compreender, tornando-se seu próprio objeto.[5] É essa exigência filosófica de reflexão distanciada que o procedimento literário traduz.

[5] O recurso à personagem viajante, ao estrangeiro, é recorrente na obra de Voltaire e será reutilizado mais tarde, na figura do jovem *Cândido* e do *Ingênuo*. Esse recurso se forma e fortalece por meio de diversas fontes. Sua própria experiência de exílio, na Inglaterra, a literatura das navegações e dos descobrimentos, o oriente fantasioso e, em termos epistemológicos, a filosofia de Locke e sua necessidade do olho que se vê apartado de si.

O universo que "Micromegas" apresenta é um universo newtoniano, gravitacional, passível de ser conhecido em suas leis necessárias, mas é também um universo em que tudo tem seu lugar. Lembremos que é a filosofia natural de Newton que concede o caráter harmonioso e uniforme do universo percorrido pelo gigante. Mas a física de Newton traz consigo seu próprio remédio: *Huc procedes, et non ibis amplius*.[6] Se ela parecia muito arrogante, por um lado, pois tratava de explicar todo o universo, harmonizando-o com uma única lei, marcava, porém, a imperfeição e os limites da investigação humana. Voltaire, consciente da oscilação entre a importância das leis newtonianas e a pequenez e limitação humanas, elogiava o inglês, mas não deixava de lembrar a metáfora newtoniana do menino que se encontrava perante o mar imenso.[7]

O conto nos mostra um universo de proporção e escala entre os seres: concepções que não são totalmente estranhas ao newtonianismo, mas que se ligam mais diretamente ao pensamento de Alexander Pope. O otimismo de Pope, especialmente o de seu *Ensaio sobre o homem*, constitui a outra força formadora do pensamento de Voltaire. Entre aproximações e distanciamentos, esse otimismo sempre fará parte das reflexões do filósofo. Porém, se a leitura de Pope, no "Micromegas", contribui para a compreensão da atmosfera harmoniosa do universo, que relaciona de modo proporcional a altura, os sentidos e os

---

[6]Tu avançaras até aqui e não irás mais adiante.

[7]"Não sei como eu posso parecer ao mundo; a mim me parece que fui apenas um menino que brincava na praia e se divertia procurando uma pedrinha mais lisa e uma conchinha mais bonita do que as outras, enquanto o grande oceano de verdade se estendia à minha frente, inexplorado."I. Newton, citado por Paolo Casini, em *Newton e a consciência europeia*, Unesp, São Paulo, 1995.

globos de cada ser, em outros contos, em que a dúvida sobre questões metafísicas não será apresentada apenas como vã, a perspectiva do poeta inglês será o alvo de ataques. É isso que se passa em "Mênon ou a sabedoria humana".

MÊNON E A BUSCA DA FELICIDADE

"Mênon ou a sabedoria humana" é um pequeno conto escrito em 1749, sobre um certo Stanislas Leszczynski, rei polonês, destronado, que se estabeleceu em Lorraine. O conto está intimamente ligado às questões que começaram a preocupar Voltaire em Cirey, por ocasião da redação de "Micromegas". O personagem principal desse conto oriental, Mênon, ignorante da limitação humana, "concebeu um dia o insensato projeto de ser perfeitamente sábio". Decidiu então que deveria se privar do amor das mulheres, dos prazeres da boa mesa e do vinho, garantir sua independência financeira (para jamais ter a "cruel necessidade de frequentar a corte") e, por fim, conservar seus amigos. Nisso tudo, Mênon se assemelha aos gimnosofistas do conto "Carta de um turco", homens que pretendem encontrar a felicidade ao seguir os ditames de uma sabedoria ascética que nada lhes pode oferecer, porque abre mão da experiência do mundo. Com efeito, as infelicidades da personagem Scarmentado nos ensinam que os preceitos práticos apenas podem ser hauridos da experiência concreta. Assim, se Mênon não fosse ingênuo, alguém encerrado nos limites de sua propriedade, enfim, se fosse um sujeito escarmentado, experiente, não conceberia tais tolices.

Basta olhar pela janela de seu quarto para ter todos seus planos destruídos. Ele se condói de uma bela moça que avista e decide ir ter com ela. Ela o convence a segui-la até a casa de seu tio. Lá, Mênon, presto em ajudar uma figura "tão honesta e tão desgraçada", acaba por se entreter de tal modo com a moça que ambos "não sabiam mais onde se achavam". Flagrado pelo tio da pobre criatura, Mênon escapa de punição mais grave mediante a entrega de tudo que trazia consigo. Triste e abalado, mais por ter cedido à tentação da carne do que por ter perdido tão módica quantia, Mênon volta para casa e lê um bilhete de amigos que o convidam para um jantar. Ele vai ao encontro deles com o intuito de fazer uma refeição frugal e se divertir, buscando alívio para a tristeza do dia. Embriaga-se, joga, perde dinheiro e entra numa disputa que lhe custa um olho vazado por um copo de dados. Devendo dinheiro e caolho, Mênon se dirige à corte para pedir auxílio ao rei e de lá logo escapa, para não perder o olho que lhe restava.

Enfim, Mênon quebra todas as regras que tinha se imposto para ser sábio, livre e feliz. Na verdade, a busca da felicidade é um tema constante dos contos de Voltaire, o que por si só já o insere numa longa tradição que via na moral, na questão ética sobre como ser feliz, o fim último de toda investigação filosófica. É justamente isso que revela a "História de um bom brâmane": a relação entre conhecimento e felicidade. Se é melhor ser ignorante feliz ou douto triste, isso, porém, é algo que não fica decidido no "Mênon". Ao voltar para casa, nosso herói encontra oficiais que o despejam de casa. Na rua, triste e cego, é visto pela moça e por seu tio, que dele zombam. Deita-se junto ao muro de sua casa e dorme, febril. No seu sonho, um espírito celeste com "seis belas asas, mas sem pés, nem cabeça, nem cauda, e que não se assemelhava a coisa alguma", surge e trata de lhe apresentar a organização do todo. O anjo afirma que Assan, irmão de Mênon, era mais digno de lástima do que ele, pois perdera os dois olhos e se encontrava preso. Mênon então pergunta ao gênio celeste de que servia existir anjos que não podiam dar um destino melhor aos seus protegidos. O anjo, assim como os gênios e outras figuras incorpóreas das obras de Voltaire, apresenta uma mensagem inaceitável. Primeiro, demanda que Mênon se conforme e, depois, apresenta-lhe a organização do todo cósmico nos termos do poema *Ensaio sobre o homem*, de Alexander Pope. Ele fala da cadeia do ser (*chain of being*) e dos elos desta corrente ordenada que vai de Deus ao nada. Mas Mênon permanece cético e diz que só quando deixar de ser caolho, acreditará que "tudo vai bem", que tudo é bom, porque tem ordem.

Qual é, portanto, a sabedoria humana? O "tudo está certo" da filosofia de Pope? É possível aos homens acreditarem naquela gradação do universo apresentada pelo anjo no sonho febril de Mênon? Não, a sabedoria humana não consiste no otimismo popeano. Trata-se da tomada de consciência da limitação da condição humana. A sabedoria própria ao homem é o conhecimento do seu caráter limitado e imperfeito. Não se deve exigir dele a aceitação da ordem do todo. Limitado que é, ele é incapaz de conhecê-la. O homem real, não sua categoria abstrata, não pode senão desconfiar da teoria exposta pelo "filósofo das alturas".

O problema do sofrimento, o problema da realidade do mal, não pode ser resolvido por uma metafísica que submete o indivíduo a uma ordem geral da qual ele não tem certeza alguma. Essa inquietação de Voltaire com o problema do mal está presente em boa parte de sua obra. No *Discurso em verso sobre o homem*, no *Poema sobre o desastre de Lisboa*, no *Cândido ou o otimismo*, em verbetes do *Dicionário filosófico*, encontramos Voltaire se debatendo com as questões que o problema do mal suscita: a bondade de Deus, a organização do todo, o sofrimento e as limitações humanas. Ele conhecia bem a história desse problema, desde Epicuro e dos maniqueístas às respostas tradicionais cristãs e ao otimismo de Pope e Leibniz.

Outros contos aqui reunidos e que ainda não mencionamos também tratam das questões em torno da realidade do mal. "Sonho de Platão" e "O branco e o preto" ecoam as concepções maniqueístas de que Voltaire tomara conhecimento por meio de Pierre Bayle. De acordo com o maniqueísmo (uma seita cristã surgida na Pérsia do século III), os males do mundo provinham da ação de dois princípios fundamentais, um bom e outro mau. De modo semelhante, Demogórgon defende, no "Sonho de Platão", que o mundo é uma mistura de bem e mal, efeito desses dois princípios. É isso que também se observa em "O branco e o preto", texto em que dois anjos simbolizam os dois princípios fundamentais do maniqueísmo. Além disso, esse conto trata de uma outra questão acerca do mal, a saber, a da liberdade dos homens. Seja dentro da tradição maniqueísta, cristã, ou racionalista, como compreender a relação que os princípios do bem e do mal têm com os homens? As escolhas humanas já foram traçadas desde sempre por um Deus providente? A fatalidade de uma natureza dupla determina a conduta do homem?

Por fim, três outros contos oferecem diferentes perspectivas sobre o mal. "Os dois consolados" mostra que a filosofia do otimismo, a qual exige a visão do todo, não é capaz de consolar aquele que sofre, pois este continua a sofrer até ser consolado pelo tempo e não pelo discurso. Já a "Aventura indiana" e o "Elogio histórico da Razão", que pertencem à última leva de contos de Voltaire, revelam mais especificamente o papel do mal moral, isto é, do mal que depende do homem (como o crime, o assassinato, a intolerância etc.), deixando de tratar dos males naturais (como os cataclismos, a dor, a morte etc.). Na "Aventura indiana", as querelas e perseguições religiosas apresentam o mal intimamente unido às instituições e ao poder no Antigo Regime. Por sua vez, "Elogio histórico da Razão" é um texto que descreve um imenso quadro de desgraças e, ao mesmo tempo, apresenta lampejos de crença na liberdade e na felicidade. A história humana como um todo parece ser a história dos crimes, no entanto, ainda que guerras, perseguições e abusos pareçam obscurecer a dignidade humana, há momentos em que esta resiste aos ataques. O problema é que não há garantias, o percurso parece sempre ter de ser refeito, a razão surge, vence algumas batalhas, mas se esconde quando se vê perseguida. Seu legado não é tão duradouro a ponto de perseverar diante de novas ondas de barbárie. Mesmo aqui, em que pensaríamos encontrar um arauto do progresso contínuo e linear, vemos Voltaire hesitar. Em suas narrativas, as peripécias das personagens e o intenso debate de temas filosóficos parecem revelar mais dúvidas que certezas acerca dos percursos da razão. Sobretudo, o que se observa nos contos de Voltaire é um pensamento tentando tomar as rédeas de si mesmo.

MICROMEGAS
E OUTROS CONTOS

CARTA DE UM TURCO
sobre os faquires e sobre seu amigo Bababec (1750)

Quando estava na cidade de Bernarés, à margem do Ganges, antiga pátria dos brâmanes, tratei de me instruir. Eu compreendia razoavelmente o hindu; escutava muito e reparava em tudo. Estava hospedado na casa de meu correspondente Omri; era o homem mais digno que já conheci. Ele era da religião dos brâmanes, eu tenho a honra de ser muçulmano; mas nunca trocamos uma palavra mais alta a respeito de Maomé e Brahma. Fazíamos nossas abluções cada um no seu canto, bebíamos da mesma limonada, comíamos do mesmo arroz, como dois irmãos.

Um dia, fomos juntos ao pagode de Gavani. Lá, vimos diversos grupos de faquires; alguns deles eram janguis, que são os faquires contemplativos, os outros eram discípulos dos antigos gimnosofistas e levavam uma vida ativa. Tinham, como se sabe, uma língua erudita, que é a dos brâmanes mais antigos, e, nessa língua, um livro chamado *Veda*. É certamente o livro mais antigo da Ásia, sem excluir o *Zend avesta*.

Passei por um faquir que lia esse livro.

— Ah! maldito infiel! — exclamou ele. — Tu me fizeste perder o número das vogais que eu contava; agora minha alma passará ao corpo de uma lebre, em vez de ir para o de um papagaio, coisa de que eu muito me orgulharia.

Dei a ele uma rúpia para consolá-lo. A alguns passos

de lá, tive a infelicidade de espirrar, e o barulho que fiz despertou um faquir que estava em êxtase.

— Onde estou? — perguntou ele. — Que horrível queda!

Não vejo mais a ponta do meu nariz: a luz celeste desapareceu.

— Se é por minha causa que o senhor agora vê além da ponta do seu nariz, eis uma rúpia para reparar o mal que lhe fiz. Tome de volta sua luz celeste.

Retirando-me discretamente, passei aos gimnosofistas. Muitos deles me trouxeram uns preguinhos muito bonitos para que eu cravasse nos braços e coxas em honra a Brahma. Eu comprei os pregos e com eles preguei meus tapetes. Outros dançavam sobre as mãos; outros volteavam na corda bamba; outros andavam num pé só. Havia alguns que levavam correntes, outros uma albarda; alguns tinham a cabeça dentro de uma caixa; de resto, eram as melhores pessoas do mundo. Meu amigo Omri levou-me à cela de um dos mais famosos. Chamava-se Bababec: estava nu como um macaco e tinha no pescoço uma grossa corrente que pesava mais de 60 libras. Estava sentado em uma cadeira de madeira devidamente guarnecida de pontas de pregos que lhe entravam nas nádegas, mas parecia estar sobre um leito de cetim. Muitas mulheres vinham consultá-lo, ele era o oráculo das famílias, e pode-se dizer que gozava de enorme reputação. Estive presente na longa conversa que Omri teve com ele.

— O senhor acredita, meu pai, que depois de passar pela prova das sete metempsicoses eu possa chegar à morada de Brahma? — perguntou Omri.

— Assim é — disse o faquir. — Como o senhor vive?

— Eu procuro ser um bom cidadão, um bom marido, um bom pai, um bom amigo. Empresto dinheiro sem juros dos ricos e dou aos pobres. Apregoo a paz entre meus vizinhos.

— O senhor coloca às vezes pregos no ânus? — perguntou o brâmane.

— Nunca, meu reverendo pai.

— Lamento por isso — respondeu-lhe o faquir. — Você não irá além do 19º céu, é uma pena.

— Isso é muito justo — disse Omri. — Estou muito contente com meu quinhão. Que me importa se é o 19º ou o 20º, desde que eu faça meu dever em minha peregrinação e seja bem recebido na última morada? Não é suficiente ser um homem honesto neste mundo aqui e ser feliz no mundo de Brahma? A que céu pretende ir você, senhor Bababec, com seus pregos e correntes?

— Ao 35º — disse Bababec.

— É engraçado que o senhor pretenda ficar em local mais alto que eu — respondeu Omri. — Certamente, isso só pode ser resultado de uma ambição excessiva. Se o senhor condena aqueles que buscam honrarias nesta vida, por que então as quer tão grandes na outra? E, de resto, por que pretende o senhor ser mais bem tratado do que eu? Saiba que em dez dias eu dou mais em esmolas do que você gasta em dez anos com os pregos que enfia no traseiro. Brahma pouco se importa que você passe o dia todo nu com uma corrente no pescoço. Belo serviço faz o senhor à pátria. Respeito cem vezes mais um homem que semeie legumes ou que plante árvores do que todos os seus camaradas que olham para a ponta do nariz ou carregam uma albarda por excesso de nobreza d'alma.

Depois de falar assim, Omri acalmou-se, acariciou o faquir, persuadiu-o, levou-o enfim a deixar seus pregos e sua corrente e vir à sua casa para levar uma vida honesta. Limparam-no, passaram-lhe essências perfumadas, vestiram-no decentemente. Ele viveu 15 dias de uma maneira muito sábia e confessou que estava cem vezes mais feliz que antes. Mas perdeu seu crédito no povoado; as mulheres não vinham mais consultá-lo; então ele abandonou Omri e retomou seus pregos para ter notabilidade.

MICROMEGAS,
história filosófica (1752)

CAPÍTULO PRIMEIRO
Viagem de um habitante da estrela Sirius ao planeta Saturno.

Num desses planetas que giram em torno da estrela Sirius havia um homem muito espirituoso, a quem tive a honra de conhecer na última viagem que fez a nosso pequeno formigueiro; chamava-se Micromegas, nome que muito convém a todos os grandes. Tinha oito léguas de altura — e entendo por oito léguas 24 mil passos geométricos, de cinco pés cada um.

Alguns algebristas, gente sempre útil ao público, pegarão imediatamente a pluma e descobrirão que se o senhor Micromegas, habitante do país de Sirius, tem da cabeça aos pés 24 mil passos — o equivalente a 120 mil pés reais —, e nós, cidadãos da Terra, temos apenas cinco pés, e que nosso globo tem nove mil léguas de diâmetro, eles descobrirão, dizia eu, que é absolutamente necessário que o globo que o produziu tenha pelo menos 21 milhões e 600 mil vezes a circunferência da nossa pequena Terra. Nada é mais simples e mais ordinário na natureza. Os Estados de alguns soberanos da Alemanha ou da Itália, nos quais pode-se dar a volta em meia hora, comparados ao império da Turquia, de Moscóvia ou da China, são apenas uma débil imagem das prodigiosas diferenças que a natureza colocou entre todos os seres.

Sendo como eu disse o tamanho de Sua Excelência, todos os escultores e pintores certamente convirão que sua cintura pode ter 50 mil pés reais de diâmetro, o que constitui uma proporção bastante bonita.

Quanto a seu espírito, é um dos mais cultos que temos; ele sabe muitas coisas, e inventou algumas outras. Ainda não tinha 250 anos e, segundo o costume, estudava no colégio jesuíta de seu planeta, quando deduziu 50 proposições de Euclides. São 18 a mais que Blaise Pascal, que, depois de ter deduzido 32 sem esforço, como conta sua irmã, tornou-se um geômetra medíocre e um péssimo metafísico. Perto dos 450 anos, ao sair da infância, ele dissecou muitos desses pequenos insetos com menos de cem pés de diâmetro, que não se podem ver nos microscópios comuns. Fez sobre isso um livro muito curioso, mas que lhe rendeu algum trabalho. O mufti de seu país, muito meticuloso e muito ignorante, encontrou no livro proposições suspeitas, mal soantes, temerárias, heréticas, cheirando a heresia, e atacou-o vivamente: tratava-se de saber se a forma substancial das pulgas de Sirius era a mesma das lesmas. Micromegas defendeu-se com engenho, colocando as mulheres a seu lado; o processo durou 220 anos. Por fim, o mufti fez condenar o livro por um júri que não o tinha lido, e o autor teve ordem de não aparecer na corte por 800 anos.

Ele pouco se afligiu por ser banido de uma corte repleta de trapaças e pequenezas. Fez uma canção muito agradável contra o mufti, com a qual este quase não se constrangeu, e pôs-se a viajar de planeta em planeta para completar a formação *do espírito e do coração*, como se diz. Aqueles que só viajam de carruagem ou berlinda ficarão sem dúvida espantados com os equipamentos lá de cima, pois nós, em nosso pequeno monte de barro, não concebemos nada que vá além de nossos hábitos. Nosso viajante conheceu maravilhosamente as leis da gravitação e todas as forças atrativas e repulsivas, e valeu-se desses conhecimentos tão oportunamente que, seja com a ajuda de um raio de sol ou na comodidade de um cometa, ia de globo em globo, ele e os seus, feito um passarinho que saltita de galho em galho. Percorreu a Via Láctea em pouco tempo, e sou obrigado a confessar que nunca viu pelas estrelas de que ela é semeada este belo céu empíreo que o ilustre vigário Derham[1] se gaba de ter visto na ponta de sua luneta. Não estou supondo que o senhor Derham tenha visto mal, por Deus!, antes que Micromegas esteve nos tais lugares, é bom observador, e eu não quero contradizer ninguém.

Micromegas, depois de andar bastante, chegou no globo de Saturno. Mesmo sendo acostumado a ver coisas novas, ao ver a pequenez do planeta e de seus habitantes, ele não pôde se furtar, no início, a esse sorriso de superioridade que algumas vezes escapa dos sábios. Pois Saturno é apenas 900 vezes maior do que a Terra, e os cidadãos daquele país são anões que não têm mais de mil toesas[2] de altura, ou algo em torno disso. Ele caçoou um pouco disso com sua gente, mais ou menos como um músico italiano ri da música de Lulli[3] quando vai à França.

---

[1] O inglês William Derham (1657-1735) foi autor da *Teologia astronômica* e de algumas outras obras que têm como objetivo demonstrar a existência de Deus por meio das maravilhas da natureza. Derham era versado não só em teologia e astronomia, como também em ciências naturais, e foi membro da London Royal Society. [N. da T.]

[2] Toesa: antiga medida francesa de comprimento equivalente a seis pés, ou seja, cerca de dois metros. [N. da T.]

[3] O compositor italiano naturalizado francês Jean-Baptiste Lully (1632-1687), batizado Giovanni Battista Lulli, desenvolveu o estilo da dança na ópera francesa e criou a chamada comédia-balé, com números dramáticos e dançantes para apresentar na corte. Foi parceiro de Molière, de quem

Mas como o siriano tinha um bom espírito, logo compreendeu que um ser pensante pode muito bem não ser ridículo, ainda que tenha somente 6 mil pés de altura. Ele se familiarizou com os saturnianos, depois de tê-los espantado, e fez boa amizade com o secretário da Academia de Saturno, homem de muito espírito, que, na verdade, nada havia inventado, mas conhecia muito bem as invenções dos outros e fazia razoavelmente pequenos versos e grandes cálculos. Contarei aqui, para a satisfação dos leitores, uma conversa singular que Micromegas teve um dia com o senhor secretário.

CAPÍTULO SEGUNDO
Conversa de um habitante de Sirius com um de Saturno.

Depois que Sua Excelência foi deitar-se e que o secretário aproximou-se de seu rosto:

— É preciso confessar que a natureza é bem variada — disse Micromegas.

— Sim — disse o saturniano —, a natureza é como um canteiro cujas flores...

— Ah! — disse o outro —, deixe para lá o seu canteiro.

— Ela é — recomeçou o secretário — como uma assembleia de loiras e morenas cujos adereços...

— Bah! Que tenho eu a ver com suas morenas? — disse o outro.

— Ela é então como uma galeria de pinturas, cujos traços...

— Ah não! — disse o viajante. — Mais uma vez: a natureza é como a natureza. Por que procurar comparações?

montou a peça *O burguês ridículo*. O tom de suas composições era leve e alegre. [N. da T.]

— Para lhe agradar — respondeu o secretário. — Eu não quero que me agradem — retrucou o viajante.

— Quero que me instruam. Comece por me dizer quantos sentidos têm os homens de seu planeta. — Temos 72 sentidos — disse o acadêmico — e todos os dias nos lamentamos por serem tão poucos. Nossa imaginação vai além de nossas necessidades, achamos que com nossos 72 sentidos, nosso anel e nossas cinco luas somos muito limitados. E, apesar de toda a curiosidade que temos e do grande número de paixões que resultam de nossos 72 sentidos, temos todo o tempo para nos aborrecermos.

— Posso imaginar — disse Micromegas —, pois em nosso globo temos aproximadamente mil sentidos e ainda nos resta não sei que desejo vago, não sei que inquietação, que nos adverte sem cessar de que somos pouca coisa e de que há seres muito mais perfeitos. Eu viajei um pouco, vi mortais muito abaixo de nós, vi outros muito superiores, mas não vi ninguém que não tivesse mais desejos do que verdadeiras necessidades, ou mais necessidades do que satisfação. Chegarei um dia, talvez, ao país onde nada falte, mas, até o momento, ninguém me deu notícia positiva desse tal país.

O saturniano e o siriano se esgotaram então em conjecturas, mas depois de uma grande quantidade de raciocínios muito engenhosos e muito incertos foi preciso voltar aos fatos.

— Quanto tempo vivem vocês? — perguntou o siriano.

— Ah!, bem pouco — respondeu o homenzinho de Saturno.

— É exatamente como nós — disse o siriano. — Sempre nos queixamos de como é pouco. Isso deve ser uma lei universal da natureza.

— Ai de nós — disse o saturniano —, que só vivemos 500 grandes revoluções do Sol. (Isso corresponde a 15 mil anos, ou algo em torno disso, contando à nossa maneira.) Você bem vê que é morrer quase quando se nasce; nossa existência é um ponto, nossa duração, um instante, nosso globo um átomo. Mal a gente começa a se instruir um pouco e a morte chega, antes de termos a experiência. Por mim, não ouso fazer nenhum projeto, vejo-me como uma gota d'água num oceano imenso. Sinto-me envergonhado, principalmente diante de você, da figura ridícula que represento nesse mundo.

Micromegas respondeu-lhe:

— Se você não fosse filósofo, eu temeria afligi-lo ao dizer que nossa vida é 700 vezes mais longa que a sua; mas você sabe muito bem que quando é preciso entregar o corpo aos elementos e reanimar a natureza sob outra forma, fato que chamamos de morrer, quando esse momento de metamorfose chega, ter vivido uma eternidade ou um dia é precisamente a mesma coisa. Estive em países onde se vive mil vezes mais tempo do que no meu e descobri que ainda assim se queixavam. Mas há em todos os lugares pessoas de bom senso que sabem aproveitar o que lhes cabe e agradecer ao autor da natureza. Ele espalhou por este Universo uma profusão de variedades com uma espécie de uniformidade admirável. Por exemplo, todos os seres pensantes são diferentes e todos se parecem, no fundo, pelo dom do pensamento e dos desejos. A matéria estende-se por todos os lugares, mas ela tem propriedades diversas em cada globo. Quantas dessas diversas propriedades pode você contar na sua matéria?

— Se você se refere àquelas propriedades sem as quais

acreditamos que esse globo não poderia existir tal como é — disse o saturniano —, temos 300, como a extensão, a impenetrabilidade, a mobilidade, a gravitação, a divisibilidade e o resto.

— Aparentemente esse pequeno número é suficiente para as intenções que o Criador tinha para sua pequena habitação — respondeu o viajante. — Eu admiro em tudo sua sabedoria; em todos os lugares vejo diferenças, e igualmente vejo proporções. Seu globo é pequeno, seus habitantes também o são; vocês têm poucos sentidos, sua matéria tem poucas propriedades, tudo isso é obra da Providência. De que cor exatamente é o seu sol?

— De um branco muito amarelado — disse o saturniano. — E quando dividimos um de seus raios, percebemos que ele contém sete cores.

— O nosso sol vai para o vermelho, e temos 39 cores primárias. Não há um sol, entre todos de que me aproximei, que se pareça com outro, como em seu planeta não há um rosto que não seja diferente de todos os outros.

Depois de muitas questões dessa natureza, ele se informou sobre quantas substâncias essenciais existiam em Saturno. Aprendeu que havia apenas 30, como Deus, o espaço, a matéria, os seres extensos que sentem, os seres extensos que sentem e pensam, os seres pensantes que não têm extensão, os que se penetram, os que não se penetram etc. O siriano, em cujo planeta havia 300 substâncias desse tipo, e que havia descoberto três mil outras em suas viagens, espantou prodigiosamente o filósofo de Saturno. Enfim, depois de comunicarem um ao outro um pouco do que sabiam e muito do que não sabiam, depois de ter conversado durante o tempo de uma revolução do sol, eles resolveram fazer juntos uma pequena viagem filosófica.

CAPÍTULO TERCEIRO

Viagem dos dois habitantes de Sirius e Saturno.

Nossos dois filósofos estavam prontos para embarcar na atmosfera de Saturno com uma bela provisão de instrumentos matemáticos, quando a amante do saturniano, que soube de sua partida, veio em lágrimas para repreendê-lo. Era uma moreninha bonita, com apenas 660 toesas, mas que compensava sua baixa estatura com outros encantos.

— Ah! Cruel! — gritava ela. — Depois de ter resistido 1500 anos, quando enfim eu começava a me entregar, mal passei cem anos em teus braços e você me abandona para viajar com um gigante de outro mundo?! Pois vá! Você não passa de um curioso, nunca teve amor; se fosse um verdadeiro saturniano, seria fiel. Aonde vai você afinal? O que quer? Nossas cinco luas são menos errantes que você, até nosso anel é mais estável. Veja o resultado: eu nunca mais vou amar ninguém.

O filósofo, por mais que o fosse, abraçou-a, chorou com ela; e a dama, pasmada, foi se consolar com um janota de seu país.

Contudo, partiram nossos dois curiosos. Primeiro saltaram por sobre o anel, o qual perceberam ser bastante achatado, como muito bem supôs um ilustre habitante de nosso globo,[4] e de lá foram com facilidade de lua em lua. Um cometa passou bem perto da última delas, e os dois se lançaram sobre ele com seus criados e instrumentos. Quando haviam feito cerca de 150 milhões de léguas, encontraram os satélites de Júpiter. Nesse planeta ficaram

---

[4] Voltaire refere-se ao matemático, astrônomo e físico holandês Christiaan Huygens (1629-1695), que descobriu os anéis de Saturno. [N. da T.]

por um ano, durante o qual aprenderam segredos belíssimos, que atualmente estariam na imprensa se não fossem os senhores inquisidores, que consideraram algumas proposições um pouco duras. Mas eu li os manuscritos dos tais segredos na biblioteca do ilustre arcebispo de..., que me deixou ver seus livros com tal generosidade e bondade que não se tem palavras para glorificar.

Mas voltemos a nossos viajantes. Saindo de Júpiter, eles atravessaram um espaço de aproximadamente cem milhões de léguas e costearam o planeta Marte, que, como se sabe, é cinco vezes menor que o nosso pequeno globo. Viram as duas luas que servem a esse planeta e que escaparam à vista de nossos astrônomos. Bem sei que o padre Castel escreverá contra a existência dessas duas luas, até com algum espírito, mas refiro-me àqueles que raciocinam por analogia: esses bons filósofos sabem como seria difícil que Marte, estando tão longe do sol, tivesse menos de duas luas. Independente disso, nossa gente achou o lugar tão pequeno que temeram não encontrar onde dormir, e continuaram seu caminho como dois viajantes que desdenham uma taberna ruim em uma vila e decidem estender a caminhada até a cidade vizinha. Mas o siriano e seu companheiro logo se arrependeram: continuaram por muito tempo e nada encontraram. Por fim, perceberam uma luminosidade: era a Terra, que causou pena naquelas pessoas vindas de Júpiter. Entretanto, com medo de se arrependerem uma segunda vez, resolveram desembarcar. Passaram sobre a cauda do cometa e, encontrando a propósito uma aurora boreal, puseram-se dentro dela e chegaram à Terra na borda setentrional do mar Báltico, em 5 de julho de 1737.

CAPÍTULO QUARTO
O que lhes aconteceu sobre o globo terrestre.

Depois de descansar algum tempo, eles almoçaram duas montanhas, que seus criados prepararam com muito jeito. Em seguida, quiseram conhecer o pequeno país em que estavam. Primeiro foram do norte ao sul. Os passos do siriano e de sua gente eram de aproximadamente 30 mil pés; o anão de Saturno, cuja altura era de apenas mil toesas, seguia-o de longe, ofegando. Era preciso que ele desse aproximadamente doze passos, enquanto o outro dava uma passada: imaginem vocês (se me é permitido fazer tais comparações) um cachorrinho de colo seguindo um capitão de guarda do rei da Prússia.

Como esses estrangeiros fossem bem depressa, deram a volta no globo em 36 horas; o sol, ou melhor, na verdade, a Terra faz a mesma viagem em 24 horas, mas é preciso considerar que se vai bem mais à vontade quando se gira sobre seu eixo do que quando se caminha com os pés. E eis que eles estão de volta no lugar de onde tinham saído, depois de ter visto esta poça, quase imperceptível para eles, a que chamamos Mediterrâneo, e este outro laguinho que, sob o nome do Grande Oceano, contorna um pequeno monte de terra. A água batia no meio da perna do anão e mal molhava o salto do sapato do outro. Eles fizeram todo o possível indo e voltando de cima a baixo, procurando descobrir se o globo era habitado ou não. Abaixaram-se, deitaram-se, tatearam por toda parte, mas seus olhos e mãos eram absolutamente desproporcionais aos seres que por aqui rastejam, e eles não tiveram a menor sensação que pudesse fazê-los suspeitar de que nós e nossos confrades, os outros habitantes deste globo, temos a honra de existir.

O anão, que às vezes fazia juízos precipitados, decidiu

que não havia habitantes sobre a Terra. Seu primeiro argumento era não ter visto ninguém. Micromegas, educadamente, fê-lo perceber que esse era um mau raciocínio:

— Então por que você não vê com seus pequenos olhos certas estrelas de quinquagésima grandeza, que eu percebo muito claramente, pode concluir disso que essas estrelas não existem? — dizia ele.

— Mas eu tateei bem — disse o anão.

— Mas sentiu mal — respondeu o outro.

— Mas este globo aqui é tão mal construído — disse o anão —, ele é tão irregular e de uma forma que me parece tão ridícula! Tudo aqui parece estar no caos: você não vê esses riozinhos, nenhum é reto; essas lagoas que não são redondas, nem quadradas, nem ovais, nem de nenhuma forma regular; esses grãozinhos pontudos, de que o globo está cheio e que me esfolam os pés? (Ele se referia às montanhas.) Repare ainda na forma de todo o globo, como ele é achatado nos polos, como ele gira em torno do sol de um modo impróprio, que faz com que os climas nos polos sejam necessariamente ruins. Na verdade, o que faz com que eu pense que não há ninguém aqui é que me parece que gente de bom senso não moraria aqui.

— Está bem — disse Micromegas —, talvez também não sejam pessoas de bom senso que vivam aqui. Mas, enfim, há uma aparência de que isso aqui não foi feito à toa. Tudo parece irregular para o senhor porque tudo é traçado à risca em Saturno e Júpiter. Ah! talvez seja por essa razão que há um pouco de confusão aqui. Eu não lhe disse que nas minhas viagens eu sempre reparei na variedade?

O saturniano respondeu a todos esses argumentos. A disputa não teria tido fim se, para a alegria de Micromegas, ele não tivesse partido o fio de seu colar de diamantes, ao exaltar-se em sua fala. Os diamantes caíram, eram lindas pedrinhas bastante desiguais, as maiores pesavam 400 libras; e as menores, 50. O anão pegou algumas delas e, aproximando-as dos olhos, percebeu que, da maneira como eram lapidadas, constituíam excelentes microscópios. Tomou então um pequeno microscópio de 160 pés de diâmetro e colocou-o diante de sua pupila; Micromegas escolheu um de 2500 pés. Os microscópios eram excelentes, mas inicialmente não se via nada através deles, era preciso adaptar-se. Enfim o habitante de Saturno viu alguma coisa quase imperceptível que se mexia nas águas no mar Báltico: era uma baleia. Ele pegou-a com o dedo mínimo com muito jeito e, colocando-a sobre a unha do dedão, mostrou-a ao siriano, que pela segunda vez se pôs a rir da excessiva miudeza dos habitantes de nosso planeta. O saturniano, convencido de que nosso mundo era habitado, imaginou depressa que fosse habitado só por baleias, e como era um grande racionalista, quis adivinhar como um atomozinho tão pequeno tinha sua origem e movimento, e se ele tinha ideias, vontade, liberdade. Micromegas ficou muito intrigado com aquilo. Examinou o animal com muita paciência, e o resultado da análise foi ele ser incapaz de acreditar que houvesse uma alma lá. Os dois viajantes tenderam então a pensar que não há espírito em nosso planeta, quando com a ajuda do microscópio enxergaram um ser tão grande quanto uma baleia flutuando no mar Báltico. Sabe-se que nessa mesma época uma expedição de filósofos voltava do círculo polar, onde tinham ido fazer observações que ninguém tinha feito até então. As gazetas disseram que sua embarcação encalhou na costa do golfo de Bótnia e que os filósofos tiveram grande dificuldade para se salvar, mas nesse mundo nunca se conhece o outro lado das cartas. Contarei ingenuamente como as coisas se passaram, sem acrescentar nada por minha conta, o que não é pouco esforço para um historiador.

CAPÍTULO QUINTO
Experiências e considerações dos dois viajantes.

Micromegas estendeu a mão com toda a delicadeza na direção em que o objeto apareceu, aproximou dois dedos e logo os retirou por receio de cometer um desacerto; depois abriu e fechou-os, tomando muito cuidadosamente a embarcação que transportava esses senhores, e também a colocou sobre a unha sem apertá-la muito, temendo esmagá-la.

— Eis aqui um animal bem diferente do primeiro — observou o anão de Saturno.

O siriano pôs o pretenso animal na mão em concha. Os passageiros e tripulantes — que acreditavam ter sido levados por um furacão, e agora pensavam estar sobre uma espécie de rochedo — puseram-se todos em movimento, os marinheiros pegaram os tonéis de vinho, jogaram-nos na mão de Micromegas e precipitaram-se eles próprios em seguida. Os geômetras pegaram seus quadrantes, seus setores e meninas laponas, e desceram para os dedos do siriano. Tanto fizeram que Micromegas enfim sentiu alguma coisa que lhe fazia cócegas nos dedos: era um bastão de ferro que lhe enfiavam com um golpe no indicador. Ele julgou, pela picada, que alguma coisa tivesse saído do pequeno animal, mas inicialmente não desconfiou de mais nada. O microscópio, que mal fazia discernir uma baleia de um navio, absolutamente não deixava ver seres tão imperceptíveis quanto os homens. Não pretendo aqui chocar a vaidade de ninguém, mas sou obrigado a pedir aos importantes que atentem comigo para um detalhe: é que considerando homens de aproximadamente cinco pés, nós não fazemos maior figura na Terra do que faria, sobre uma bola de dez pés de diâmetro, um animal que medisse mais ou menos a seiscentésima milésima parte de uma polegada de altura. Imaginem vocês uma substância que pudesse pegar a Terra nas mãos e cujos órgãos seguissem a mesma proporção dos nossos. É bem possível que haja um grande número dessas substâncias. Agora, por favor, calculem o que elas pensariam dessas batalhas que nos valeram duas aldeias, e que tivemos de devolver em seguida.

Se algum capitão de grandes granadeiros ler esta obra, não duvido que aumente em dois grandes pés os capacetes de sua tropa; eu o advirto que terá agido inutilmente e que ele e os seus serão sempre infinitamente pequenos.

Que habilidade maravilhosa não foi necessária ao nosso filósofo de Sirius para perceber os átomos de que acabei de falar! Quando Leeuwenhoek e Hartsoëker viram pela primeira vez — ou acreditaram ver — o grão de que nós somos formados, não fizeram descoberta tão espantosa, longe disso. Que prazer sentiu Micromegas vendo essas maquinazinhas se moverem, examinando todos os seus contornos, seguindo todas as suas operações! Como ele exclamou! Com que alegria ele pôs um desses microscópios nas mãos de seu companheiro de viagem!

— Eu os vejo! — exclamavam os dois. — Está vendo que carregam fardos, que se abaixam, se levantam?

E assim falando, suas mãos tremiam de prazer de ver coisas tão novas e de medo de perdê-las. O saturniano, que passara de um excesso de desconfiança para um excesso de credulidade, pensou que eles trabalhavam em sua reprodução.

— Ah! — disse ele — *Peguei a natureza no flagra!* Fontenelle.[5]

Mas as aparências enganaram-no, coisa que acontece com enorme frequência, quer usemos o microscópio, quer não.

CAPÍTULO SEXTO
O que lhes aconteceu com os homens.

Micromegas, melhor observador que o anão, viu claramente que os átomos se falavam e mostrou isso a seu companheiro, que, despeitado por não ser considerada sua hipótese da reprodução, não quis acreditar de modo algum que tais espécies pudessem comunicar ideias entre si. Ele tinha o dom das línguas, tanto quanto o siriano, mas, como não ouvia nossos átomos falarem, supunha que não falavam. Ademais, como esses seres imperceptíveis teriam os órgãos da voz, e que teriam eles a dizer? Para falar é preciso pensar (ou quase isso), e se eles pensavam, teriam então algo equivalente a uma alma. Ora, atribuir o equivalente a uma alma a essa espécie pareceu-lhe absurdo.

— Mas agora a pouco você pensou que eles faziam amor — disse o siriano. — Por acaso você acha que se pode fazer amor sem pensar e sem proferir alguma palavra, ou ao menos sem fazer-se entender? Supõe que seja mais difícil produzir um argumento que uma criança? Para mim, um e outro parecem grandes mistérios.

— Não ouso acreditar nem negar — disse o anão —, não tenho mais opinião. É preciso tratar de examinar os insetos, depois refletiremos.

[5] Expressão de Fontenelle quando fazia descobertas no campo das ciências naturais. [N. da T.]

— Muito bem — respondeu Micromegas.

E logo pegou uma tesoura, com a qual aparou as unhas, e de uma lasca da unha de seu polegar fez imediatamente uma espécie de trombeta acústica, como um grande funil, cujo tubo ele colocou na orelha. A circunferência do funil envolvia a embarcação e toda a equipagem. Até mesmo a voz mais fraca entrava nas fibras circulares da unha, de modo que, graças à sua astúcia, o filósofo, lá de cima, entendia perfeitamente os murmúrios de nossos insetos lá embaixo. Em poucas horas ele conseguiu distinguir as palavras e, enfim, compreender o francês. O anão também conseguiu, ainda que com maior dificuldade. A surpresa dos viajantes aumentava a cada instante. Eles escutavam as traças falarem com todo o bom senso, e esse capricho da natureza parecia-lhes inexplicável. Vocês podem prever que o siriano e seu anão queimavam de impaciência para travar conversa com os átomos, mas o anão temia que sua voz de trovão, e sobretudo a de Micromegas, ensurdecesse as traças, sem fazer-se entender. Era preciso reduzir-lhe a força. Então eles puseram na boca uma espécie de pequenos palitos cuja ponta, muito delgada, vinha dar bem perto da embarcação. O siriano pôs o anão sobre os joelhos e a embarcação com a equipagem sobre uma unha, ele baixava a cabeça e sussurrava. Enfim, tomando todas essas precauções, e muitas outras, ele começou assim seu discurso:

— Insetos invisíveis que a mão do Criador fez nascer no abismo do infinitamente pequeno, agradeço a Deus por ter-me permitido desvendar segredos que pareciam impenetráveis. Em minha corte, talvez não se dignassem a olhar-vos, mas eu não desprezo ninguém e ofereço-vos minha proteção.

Se já houve alguém realmente espantando neste

mundo, foram as pessoas que ouviram essas palavras. Elas não podiam adivinhar de onde vinham. O capelão da embarcação recitou as orações de exorcismo, os marinheiros blasfemaram e os filósofos criaram sistemas, mas por mais sistemas que eles criassem não podiam adivinhar quem lhes falava. Então, o anão de Saturno, que tinha a voz mais suave que a de Micromegas, falou-lhes um pouco sobre os seres com quem estavam falando. Contou-lhes a viagem de Saturno, inteirou-os de quem era o sr. Micromegas e, depois de lamentar-se pelo fato de serem tão pequenos os habitantes da Terra, perguntou-lhes se tinham sempre vivido nesse estado miserável, tão próximo da extinção, o que faziam num globo que parecia pertencer às baleias, se eles eram felizes, se se multiplicavam, se tinham alma e cem outras perguntas dessa natureza.

Um pensador do grupo, mais audacioso que os demais, e chocado por terem duvidado da existência de sua alma, observou o interlocutor com pínulas assestadas sobre um quadrante, fez duas miras e na terceira falou assim:

— Então o senhor acha que só porque tem mil toesas da cabeça aos pés é um...

— Mil toesas! — exclamou o anão. — Céus! Como ele pode saber minha altura? Mil toesas! Não errou nem por uma polegada! Este átomo me mediu! Ele é geômetra, sabe meu tamanho, e eu, que só o vejo através do microscópio, ainda não sei o dele!

— Sim, eu o medi — disse o físico —, e ainda vou medir seu companheiro grande.

A proposta foi aceita, Sua Excelência deitou-se, pois se ficasse de pé sua cabeça ficaria muito acima das nuvens. Nossos filósofos plantaram nele uma grande árvore, num lugar que o doutor Swift nomearia mais tarde, mas que eu evitarei chamar pelo nome escolhido por ele, devido ao meu grande respeito pelas damas. Depois, por uma sequência de triângulos ligados juntos, concluíram que aquilo que viam era de fato um jovem rapaz de 120 mil pés de altura.

Então Micromegas pronunciou as seguintes palavras:
— Mais do que nunca, vejo que não se pode julgar ninguém por sua grandeza aparente. Ó, Deus, que deu inteligência a substâncias que parecem desprezíveis, o infinitamente pequeno custa ao Senhor tão pouco quanto o infinitamente grande; e se é possível que haja seres menores que estes aqui, eles podem ter um espírito ainda superior ao dos soberbos animais que vi no céu, cujo pé cobriria sozinho o globo de onde vim.

Um dos filósofos respondeu a Micromegas que ele podia acreditar com toda a certeza que havia seres inteligentes muito menores que o homem. Contou-lhe não tudo de fabuloso que Virgílio disse sobre as abelhas, mas o que Swammerdam descobriu e o que Réamur dissecou. Ensinou-lhe, por fim, que há animais que são para as abelhas o que as abelhas são para os homens, como o próprio siriano em relação àqueles animais de que tinha falado, ou como esses grandes animais em relação a outras substâncias, diante das quais parecem apenas átomos. Pouco a pouco a conversa tornou-se interessante e Micromegas falou assim.

CAPÍTULO SÉTIMO
Conversa com os homens.

— Ó, átomos inteligentes, em quem o Ser Eterno manifestou seu engenho e poder, vocês devem, sem dúvida, gozar das alegrias puras de seu globo, pois tendo tão pouca matéria e aparentando tanto espírito, devem passar sua vida a amar e a pensar: esta é a verdadeira vida do espírito. Eu não vi em parte alguma a verdadeira felicidade, mas ela está aqui, sem dúvida.

A este discurso todos os filósofos balançaram a cabeça e um deles, mais franco que os outros, confessou de boa-fé que, à exceção de um pequeno número de habitantes muito pouco considerados, todo o resto é uma corja de loucos, malvados e infelizes.

— Nós temos mais matéria do que nos é necessário para fazer muito mal, se é que o mal vem da matéria, e espírito de sobra, se é que vem do espírito — disse ele. — Você sabia, por exemplo, que enquanto eu falo consigo há cem mil loucos de nossa espécie, de chapéu, matando cem mil outros de turbante ou sendo massacrados por eles?[6] E que por quase toda a Terra é assim que acontece, desde tempos imemoriais?

O siriano estremeceu e perguntou qual poderia ser o motivo dessas horríveis querelas entre animais tão medíocres.

— Trata-se de um monte de barro do tamanho do salto do seu sapato.[7] Não que algum desses milhões de homens que se degolam pretenda fazer a coisa mais reles sobre o tal monte de barro. O caso é saber se ele pertencerá a um certo homem a que se chama "sultão" ou a um outro que, não sei por quê, chamamos "czar". Nem um nem outro jamais viu ou verá o pedaço de terra em questão, e quase nenhum dos animais que se degolam mutuamente já viu o animal por quem eles se degolam.

---

[6] Voltaire refere-se aqui à guerra dos russos e turcos, que aconteceu entre 1736 e 1739. [N. da T.]

[7] O "monte de barro" em questão é a Crimeia. [N. da T.]

— Infelizes! — exclamou o siriano, com indignação. — Podemos conceber uma tal fúria desenfreada? Dá-me vontade de dar três passos e esmagar com três chutes esse formigueiro de assassinos ridículos.

— Não se dê ao trabalho, eles trabalham bastante para sua própria ruína. Saiba que daqui a dez anos não sobrará a centésima parte desses miseráveis e que, mesmo se eles não se tiverem matado com a espada, a fome, o cansaço ou a intemperança levará quase todos. Ademais, não é a eles que é preciso punir, mas aos bárbaros sedentários que, de dentro de seu camarote, enquanto fazem a digestão, ordenam o massacre de um milhão de homens e depois vão solenemente agradecer a Deus.

O viajante comoveu-se de pena da pequena raça humana, na qual percebeu contrastes tão espantosos.

— Já que vocês pertencem ao pequeno grupo dos sábios — disse ele a esses senhores — e que aparentemente não matam ninguém por dinheiro, digam-me por favor o que fazem.

— Nós dissecamos moscas — disse o filósofo —, medimos linhas, juntamos números; nós concordamos acerca de dois ou três pontos que entendemos e brigamos por dois ou três mil que não entendemos.

Logo o siriano e o saturniano tiveram curiosidade de interrogar esses átomos pensantes para saber as coisas sobre as quais convinham.

— Quanto contam vocês da estrela da Canícula à grande estrela dos Gêmeos?

— Trinta e dois graus e meio — disseram todos ao mesmo tempo.

— Quanto vocês contam daqui à Lua?

— Sessenta raios da Terra em números redondos.

— Quanto pesa o ar no seu planeta? Micromegas

supôs que os colocaria numa cilada com essa pergunta, mas todos disseram que o ar pesa aproximadamente 900 vezes menos que o mesmo volume da água mais leve e 19 mil vezes menos que o ouro de ducado. O pequeno anão de Saturno, espantado com as respostas, tendeu a tomar por bruxos as pessoas de quem, 15 minutos atrás, ele tinha dito não possuírem alma.

Enfim, Micromegas disse:

— Já que conhecem tão bem o que está fora de vocês, devem conhecer melhor ainda o que está dentro. Digam-me o que é a alma de vocês e como formam suas ideias.

Como das outras vezes, os filósofos falaram todos ao mesmo tempo, mas agora eles eram todos de opinião diferente. O mais velho citou Aristóteles, o outro falou o nome de Descartes, este aqui de Malebranche, aquele outro de Leibniz, um outro de Locke. Um velho peripatético bradou com confiança:

— A alma é uma *entelequia*, e uma razão pela qual ela tem poder de ser aquilo que é. É isso que declara expressamente Aristóteles, na página 633 da edição do Louvre. (ἐντελεχεῖα ἐστίν.)

— Eu não entendo muito de grego — disse o gigante.

— Eu também não — respondeu a traça filosófica.

— Por que então você cita esse tal de Aristóteles em grego? — perguntou o siriano.

— Porque cai bem citar o que absolutamente não se compreende, na língua que menos se entende — replicou o erudito.

O cartesiano tomou a palavra e disse:

— A alma é um espírito puro que recebeu, ainda no ventre de sua mãe, todas as ideias metafísicas e que, ao sair de lá, é obrigado a ir à escola e aprender, tudo de novo, aquilo que já soube bem e não mais saberá.

— Então não vale a pena que sua alma seja tão sábia no ventre de sua mãe, para tornar-se tão ignorante quando você tem barba no queixo — respondeu o animal de oito léguas. — Mas que entende você por espírito?

— Que pergunta! — disse o pensador. — Não tenho a menor ideia; dizem que é o que não é matéria.

— Mas você sabe ao menos o que é matéria?

— Sei muito bem — respondeu-lhe o homem. — Por exemplo: esta pedra é cinzenta, é de uma tal forma, tem suas três dimensões, tem peso e é divisível.

— Muito bem — disse o siriano —, mas você sabe me dizer bem o que é esta coisa que parece divisível, pesada e cinza? Você vê algumas características, mas e o fundamento da coisa, você conhece?

— Não — disse o outro.

— Então você definitivamente não sabe o que é a matéria.

Então Micromegas, dirigindo-se a um outro sábio que estava em seu dedo, perguntou o que era sua alma e o que ela fazia.

— Absolutamente nada — disse o filósofo seguidor de Malebranche. — É Deus que faz por mim, eu vejo tudo através dele, faço tudo através dele, é ele que faz tudo o que me meto a fazer.

— É o mesmo que não existir — respondeu o sábio de Sirius. — E você, meu amigo —, disse a um leibniziano que estava lá —, o que é a sua alma?

— É um ponteiro que mostra as horas enquanto meu corpo faz soar o carrilhão, ou, se preferir, é ela que faz soar o carrilhão enquanto meu corpo mostra as horas. Ou ainda: minha alma é o espelho do universo e meu corpo é a moldura do espelho; todas essas coisas são claras.

Um partidário de Locke estava lá por perto e, quando enfim lhe dirigiram a palavra, disse:

— Eu não sei como penso, mas sei que jamais pensei sem meus sentidos. Que haja substâncias imateriais, disso eu não duvido; mas que seja impossível a Deus comunicar o pensamento à matéria, disso eu duvido muito. Eu respeito o poder eterno, não cabe a mim determinar seus limites, eu não afirmo nada, contento-me em crer que sejam possíveis mais coisas do que nós pensamos.

O animal de Sirius sorriu: ele não achou este último o menos sábio; e o anão de Saturno teria abraçado o sectário de Locke não fosse a extrema desproporção. Mas, por azar, havia lá um animalzinho de capelo que interrompeu a conversa de todos os outros animaizinhos filósofos, dizendo que conhecia todo o segredo e que todo ele se encontrava na Suma de São Tomás. Ele olhou os dois habitantes celestes e defendeu que toda sua gente, seu mundo, seus sóis, suas estrelas, tudo tinha sido feito unicamente para o homem. Diante desse discurso, nossos dois viajantes se inclinaram um para o outro, estufando-se nesse riso incontrolável que, segundo Homero, é o quinhão dos deuses. Seus ombros e sua barriga iam e vinham e, nessas convulsões, a embarcação caiu da unha do siriano para um bolso da calça do saturniano. Os dois procuraram por muito tempo; finalmente encontraram e reajustaram-na muito direito. O siriano pegou os insetinhos e falou-lhes com muita bondade, ainda que estivesse um pouco magoado no fundo de seu coração por ver que seres infinitamente pequenos tivessem uma soberba quase infinitamente grande. Ele prometeu fazer-lhes um belo livro de filosofia, escrito bem miudinho para que pudessem manuseá-lo, e que nesse livro eles veriam o sentido de todas as coisas. Micromegas de fato deu-lhes esse livro antes de partir, o qual foi levado para Paris, para a Academia de Ciências. Mas quando o velho secretário abriu-o ele não viu nada além de um livro todo em branco:

— Ah! — disse ele —, bem que eu desconfiava…

MÊNON
ou a sabedoria humana

Mênon concebeu um dia o insensato projeto de ser perfeitamente sábio. Não há um homem a quem esta loucura não tenha passado pela cabeça. Mênon disse a si mesmo: "Para ser muito sábio, e consequentemente muito feliz, basta estar sem paixões; e, como se sabe, nada pode ser mais fácil que isso. Primeiramente, não amarei mais mulheres; pois, ao ver uma beleza perfeita, pensarei comigo: 'Estas faces se enrugarão um dia; esses belos olhos serão contornados de vermelho; estes seios redondos tornar-se-ão flácidos e pendentes; esta cabeça tornar-se-á calva. Tenho apenas que vê-la agora com os mesmos olhos que a verei então, e certamente este rosto não atrairá o meu.

"Em segundo lugar, ficarei sempre sóbrio; inutilmente serei tentado pela boa mesa, por vinhos deliciosos, pela sedução da sociedade; terei apenas que imaginar as consequências dos excessos, uma cabeça pesada, um estômago embrulhado, a perda da razão, da saúde e do tempo, e então comerei somente por necessidade; minha saúde será sempre igual, minhas ideias sempre puras e luminosas. Tudo isso é tão fácil que não há mérito nenhum em consegui-lo.

"Em seguida", dizia Mênon, "é preciso pensar um pouco em minha fortuna; meus desejos são moderados; meus bens estão solidamente estabelecidos pelo recebedor de Nínive; tenho meios para viver na independência: este é o maior dos bens. Nunca estarei na cruel necessidade de adular os outros; não invejarei ninguém e ninguém nunca me invejará. E isso também é muito fácil. Tenho amigos e hei de conservá-los, visto que eles não terão nada para reivindicar. Não me indisporei com eles nem eles comigo; e isso sem dificuldade."

Tendo feito assim seu pequeno plano de sabedoria em seu quarto, Mênon pôs a cabeça à janela. Viu duas mulheres que passeavam sob os plátanos perto de sua casa. Uma era velha e parecia não sonhar com nada; a outra era jovem, bonita, e parecia muito preocupada. Ela suspirava, chorava, e com isso só aumentava suas graças. Nosso sábio foi tocado, não pela beleza da dama (ele estava convencido a não sentir uma tal fraqueza), mas pela aflição em que ele a via. Ele desceu; abordou a jovem ninivita com o propósito de consolá-la com sabedoria. Esta bela pessoa contou-lhe, com o ar mais ingênuo e comovente, todo mal que lhe fazia um tio que ela absolutamente não tinha, os artifícios que ele havia usado para tirar-lhe bens que ela nunca havia possuído e o quanto ela temia sua violência.

— O senhor me parece um homem tão ajuizado — disse-lhe ela —, que se tivesse a bondade de ir à minha casa examinar meus negócios, tenho certeza de que me tiraria do cruel embaraço em que me encontro.

Mênon não hesitou em segui-la para examinar sabiamente seus negócios e para dar a ela um bom conselho.

A aflita dama levou-o a um quarto perfumado e fez com que se sentasse polidamente com ela em um largo sofá, onde se puseram um diante do outro com as pernas cruzadas. A dama falava e baixava os olhos, de que às vezes escapavam lágrimas, e os quais, quando se elevavam, encontravam sempre os olhares do sábio Mênon. Seus discursos eram cheios de uma compaixão que aumentava a cada vez que se olhavam. Mênon levava muito a sério o que ela dizia e sentia a todo momento uma enorme vontade de obsequiar uma pessoa tão honesta e tão infeliz. Sem perceber, no calor da conversa, já não estavam mais de frente um para o outro. Suas pernas não estavam mais cruzadas. Mênon aconselhou-a tão de perto e deu-lhe opiniões tão ternas que nenhum dos dois podia falar de negócios, e já não sabiam mais onde estavam.

Estando eles nessa situação, chega o tio, do modo como se pode imaginar: armado da cabeça aos pés. E a primeira coisa que ele disse foi que iria matar sua sobrinha e o sábio Mênon, como era razoável. A última foi que ele poderia perdoá-los em troca de muito dinheiro. Mênon foi obrigado a dar tudo que tinha. Naquela época, ficava-se contente por estar quite com tão bom mercador; a América ainda não havia sido descoberta e as damas aflitas estavam longe de ser perigosas como são hoje em dia.

Mênon, desesperado e com vergonha, voltou à sua casa: lá encontrou um bilhete convidando-o para jantar com alguns de seus amigos íntimos.

— Se eu ficar sozinho em casa — pensou —, terei o espírito ocupado com minha triste aventura e não comerei nada, ficarei doente. É melhor que eu vá com meus amigos íntimos tomar uma refeição frugal. Na doçura de sua sociedade, vou esquecer a tolice que fiz esta manhã.

Ele vai à reunião, os amigos percebem-no um pouco magoado. Fazem-no beber para dissipar a tristeza. Um pouco de vinho, degustado com moderação, é um remédio para a alma e para o corpo. Assim pensa o sábio Mênon, e se embriaga. Convidam-no para jogar depois do jantar. Um jogo regulado com os amigos é um passatempo honesto. Ele joga, perde tudo o que tem em sua bolsa e ainda fica devendo quatro vezes esse valor. No meio do jogo começa uma briga, que se torna acalorada: um de seus amigos íntimos atira-lhe um tinteiro na cabeça e arrebenta-lhe um olho. Levam o sábio Mênon de volta para sua casa, bêbado, sem dinheiro e com um olho a menos.

O álcool dissipa-se um pouco e, assim que sente sua cabeça um pouco mais livre, ele manda seu criado à casa do recebedor geral das finanças de Nínive para pagar seus amigos íntimos. Avisam-lhe que seu contador havia feito pela manhã uma bancarrota fraudulenta que alarmou cem famílias. Mênon, indignado, vai à corte com um emplastro no olho e um memorial na mão para pedir justiça ao rei contra o bancarroteiro. Encontra em um salão diversas damas, todas com ar de ricas, usando saias de 24 pés de circunferência. Uma delas, que o conhecia um pouco, disse, olhando-o de lado: "Ah! que horror!". Uma outra, que o conhecia um pouco melhor, disse-lhe: "Boa noite, senhor Mênon. Sinceramente, senhor Mênon, estou muito contente em vê-lo. A propósito, senhor Mênon, como o senhor perdeu um olho?", e se foi sem ouvir a resposta. Mênon se escondeu num canto e esperou o momento em que pôde se jogar aos pés do monarca. Chegado o momento, ele beijou três vezes o chão e apresentou sua petição. Sua Graciosa Majestade o recebeu muito favoravelmente e deu o relatório a um de seus sátrapas para que este apreciasse o caso. O sátrapa puxa Mênon de lado e diz-lhe com ar soberbo, zombando amargamente:

— Acho-o um caolho engraçado de se dirigir ao rei antes do que a mim, e mais engraçado ainda por ousar pedir justiça contra um honesto bancarroteiro a quem honro com minha proteção e que é sobrinho de uma camareira da minha amante. Deixe esse negócio, meu amigo, se quiser conservar o olho que lhe resta.

Tendo pela manhã renunciado às mulheres, aos excessos da mesa, ao jogo, a todo tipo de querela e sobretudo à corte, Mênon conseguiu, antes que anoitecesse, ser enganado e roubado por uma bela mulher, embriagar-se, jogar, brigar, perder um olho e até passar pela corte, onde escarneceram dele.

Petrificado de espanto e arrasado de dor, regressa, com a morte no coração. Quer voltar para casa, e lá encontra os porteiros levando sua mobília para os credores. Ele fica quase desmaiado sob um plátano, quando se depara com a bela dama da manhã passeando com seu querido tio, ela solta uma gargalhada ao ver Mênon com seu emplastro. A noite cai; Mênon se deita sobre a palha junto ao muro de sua casa. A febre o assalta e ele adormece, e um espírito celeste aparece-lhe em sonho.

Ele era todo resplandecente de luz. Tinha seis belas asas, mas não tinha pés, nem cabeça, nem cauda, e não se parecia com coisa alguma.

— Quem é você? — perguntou Mênon.

— Seu gênio bom — respondeu-lhe o outro.

— Devolva-me então meu olho, minha saúde, meus bens, minha sabedoria — pediu Mênon. Em seguida, contou-lhe como havia perdido tudo aquilo em um dia.

— Estas são aventuras que não nos acontecem nunca no mundo que habitamos — disse o espírito.

— E em que mundo habita você? — pergunta o homem aflito.

— Minha pátria — respondeu ele — fica a 500 milhões de léguas do sol, numa pequena estrela perto de Sirius, que você pode ver daqui.

— Belo país! — disse Mênon. — Ora! Vocês não têm

essas tratantes que enganam um pobre homem? Nada de amigos íntimos que tomam todo seu dinheiro e lhe arrebentam o olho, nada de bancarroteiros, nada de sátrapas que zombam de você, recusando-lhe justiça?

— Não — disse o habitante da estrela — nada disso. Nunca somos enganados por mulheres porque lá não há mulheres; não cometemos excessos à mesa porque não comemos; não temos bancarroteiros porque entre nós não há ouro nem prata; não podemos arrebentar nossos olhos porque não temos corpos como os seus; e os sátrapas nunca nos fazem injustiças porque em nossa pequena estrela todos são iguais.

Mênon disse então:

— Meu senhor, sem mulheres e sem jantar, como vocês fazem para passar seu tempo?

— Velando por outros globos que nos são confiados — disse o gênio. — Eu vim para consolá-lo.

— Ah! — exclamou Mênon. — E por que não veio na noite passada, para me impedir de fazer tantas loucuras?

— Eu estava com Assan, seu irmão caçula — disse o ente celeste. — Ele tem mais motivos para se lastimar do que você. Sua Graciosa Majestade, o rei das Índias, em cuja corte ele tem a honra de estar, mandou furar-lhe os dois olhos por causa de uma pequena indiscrição, e ele está atualmente num calabouço com correntes nos pés e nas mãos.

— É pena — disse Mênon — ter um gênio bom numa família em que, de dois irmãos, um é caolho, o outro é cego. Um dorme sobre a palha; o outro, na prisão.

— Sua sorte mudará — disse o animal da estrela. — É verdade que você será caolho para sempre, mas, apesar disso, será bem feliz, desde que não faça nunca o tolo projeto de se tornar perfeitamente sábio.

— Então é uma coisa impossível de se alcançar? — suspirou Mênon.

— Tão impossível quanto ser perfeitamente hábil, perfeitamente forte, perfeitamente poderoso, perfeitamente feliz — respondeu o outro. — Nós mesmos estamos muito longe disso. Há um globo onde tudo isso se encontra, mas nos cem milhões de mundos dispersos na imensidão tudo se segue por gradações. Há menos sabedoria e prazer no segundo que no primeiro, menos no terceiro que no segundo e assim por diante até o último, onde todos são completamente loucos.

— Temo que nosso pequeno globo terrestre seja precisamente esse hospício do universo de que você me concede a honra de falar — disse Mênon.

— Não exatamente — disse o espírito —, mas dele se aproxima: é preciso que cada coisa esteja em seu lugar.

— Mas então — disse Mênon —, certos poetas, certos filósofos cometem sério erro ao dizer que tudo está bem?

— Eles têm muita razão, se considerarmos o arranjo do universo inteiro — disse o filósofo das alturas.

— Ah! Só acreditarei nisso quando eu não for mais caolho — replicou o pobre Mênon.

HISTÓRIA DAS VIAGENS DE SCARMENTADO
(1756)

Nasci na cidade de Cândia, em 1600. Meu pai era governador, e eu me lembro de que um poeta medíocre, mas que não era mediocremente duro, chamado Iro, fez maus versos em meu louvor, segundo os quais eu descendia de Minos em linha direta; mas, tendo meu pai caído em desgraça, ele fez novos versos, nos quais eu descendia simplesmente de Pasífae e seu amante. Esse Iro era um homem bastante desagradável e o mais aborrecido patife que já esteve na ilha.

Aos 15 anos, meu pai mandou-me estudar em Roma. Lá cheguei na esperança de aprender todas as verdades; pois, até então, haviam-me ensinado tudo ao contrário, como se usa fazer nesse baixo mundo, desde a China até os Alpes. Monsenhor Profondo, a quem fui recomendado, era um homem singular e um dos mais incríveis eruditos que já houve no mundo. Ele quis me ensinar as categorias de Aristóteles e chegou ao ponto de me colocar na categoria de seus queridinhos: escapei por um triz. Vi procissões, exorcismos e algumas rapinas. Dizia-se, muito falsamente, que a senhora Olímpia, pessoa de grande prudência, vendia muitas coisas que absolutamente não se devem vender. Eu estava numa idade em que tudo isso me parecia muito agradável. Uma jovem dama de modos muito doces chamada senhora Fatelo pensou que me amava. Ela era cortejada pelo reverendo padre Peignardini e pelo reverendo padre Acontini, jovens professores de uma ordem que não existe mais: ela os pôs de acordo concedendo-me suas graças; mas, ao mesmo tempo, corri o risco de ser excomungado e envenenado. De modo que parti, muito contente com a arquitetura de São Pedro.

Viajei pela França; era o tempo do reinado de Luís, o Justo. A primeira coisa que me perguntaram foi se eu desejaria, para o almoço, um pedacinho do marechal d'Ancre, cuja carne o povo assara, e que vendiam por um bom preço a quem quisesse.

Esse Estado era continuamente atormentado por guerras civis, algumas vezes por causa de um lugar no conselho, outras por duas páginas de controvérsia. Havia mais de 60 anos que esse fogo, ora encoberto, ora soprado com violência, desolava aqueles belos climas. Eram as liberdades da igreja galicana. Pensei comigo:

— Ah! Apesar de tudo, esse povo nasceu doce! Quem pode tê-lo afastado assim de seu caráter? Ele deleita-se e faz o São Bartolomeu. Feliz o tempo em que não fará senão deleitar-se!

Passei para a Inglaterra: as mesmas querelas excitavam os mesmos furores por lá. Para o bem da Igreja, os santos católicos haviam resolvido fazer saltar no ar, junto com a pólvora, os reis, a família real e todo o parlamento, livrando a Inglaterra desses heréticos. Mostraram-me a praça onde a bem-aventurada rainha Maria, filha de Henrique VIII, mandou queimar mais de 500 súditos. Um padre me assegurou que se tratava de uma belíssima ação, primeiramente porque os que foram assassinados eram ingleses e, em segundo lugar, porque eles nunca usavam água benta e não acreditavam no buraco de São Patrício.

Espantava-se sobretudo que a rainha Maria ainda não tivesse sido canonizada, mas esperava que isso acontecesse em breve, assim que o cardeal-sobrinho tivesse um pouco de lazer.

Fui à Holanda, onde esperava encontrar mais tranquilidade entre pessoas mais fleumáticas. Estavam cortando a cabeça de um velho venerável quando cheguei à Haia. Era a cabeça calva do primeiro-ministro Barneveldt, o homem que tinha maior mérito na república. Tocado de piedade, perguntei qual era seu crime e se ele havia traído o Estado.

— Ele fez bem pior — respondeu-me um predicante de casaco preto. — É um homem que crê que podemos salvarmo-nos por meio de boas obras tanto quanto pela fé. Bem vê o senhor que uma república não poderia subsistir se tais opiniões se estabelecessem e que são necessárias leis severas para reprimir tão escandalosos horrores.

Um profundo político do país me disse, suspirando:

— Ah, meu senhor, os bons tempos não duram para sempre. É por um simples acaso que este povo é tão zeloso; no fundo, seu caráter tende ao dogma abominável da tolerância e um dia ela há de aparecer: isso me dá calafrios.

Eu, por minha vez, esperando a chegada desse tempo funesto da moderação e da indulgência, deixei rapidamente esse país, onde a severidade não era amenizada por consentimento algum e embarquei para a Espanha.

A corte estava em Sevilha, os galeões haviam chegado, tudo respirava abundância e alegria na mais bela estação do ano. Ao fim de uma alameda de laranjeiras e limoeiros, vi uma espécie de liça imensa rodeada de arquibancadas forradas de tecidos preciosos. O rei, a rainha, os infantes e as infantas estavam sob um dossel soberbo. Em frente àquela augusta família estava um outro trono, porém mais elevado. Disse a um de meus companheiros de viagem:

— Se este trono não for reservado a Deus, não sei para quê ele pode servir.

Essas indiscretas palavras foram ouvidas por um grave espanhol e custaram-me caro. Imaginava que iríamos ver alguma cavalhada ou corrida de touro, quando o grande inquisidor apareceu neste trono, de onde abençoou o rei e o povo.

Em seguida veio um exército de monges, desfilando dois a dois. Brancos, negros, grisalhos, calçados, descalços, com barba, sem barba, com capuz pontudo, sem capuz. Depois marchava o carrasco; depois se via, no meio dos aguazis e dos grandes, cerca de 40 pessoas cobertas de sacos, sobre os quais estavam pintados diabos e chamas: eram judeus que se haviam recusado a renunciar a Moisés, eram cristãos que haviam esposado suas comadres, ou que não haviam adorado Nossa Senhora da Atocha, ou que não quiseram se desfazer de seu dinheiro em favor dos irmãos hieronimitas. Cantaram-se devotamente orações muito belas, depois se queimaram em fogo brando todos os culpados, diante do que a família real pareceu extremamente edificada.

À noite, quando fui deitar-me, chegaram em meu quarto dois familiares da Inquisição com a Santa Irmandade: eles me abraçaram ternamente e me levaram, sem me dizer uma única palavra, a uma cela muito fria, mobiliada com uma esteira para dormir e um belo crucifixo. Lá fiquei por seis semanas, ao fim das quais o reverendo padre inquisidor chamou-me: ele me envolveu em seus braços por algum tempo com uma afeição toda paternal; disse que ficou sinceramente aflito ao saber que eu estava tão mal alojado, mas que todos os quartos da casa estavam ocupados, e que ele esperava que eu ficasse mais confortável numa próxima vez. Em seguida, perguntou-me cordialmente se eu sabia por que estava lá. Disse ao reverendo padre que, aparentemente, era por causa de meus pecados.

— Muito bem, meu filho querido, mas por qual pecado? Fale-me com confiança.

Tentei inutilmente, mas não consegui adivinhar. Ele caridosamente me auxiliou.

Enfim, lembrei-me de minhas indiscretas palavras, das quais me redimi com minha disciplina e uma multa de 30 mil reais. Levaram-me para fazer reverência ao grande inquisidor: era um homem educado, que me perguntou o que eu tinha achado de sua festinha. Disse-lhe que fora deliciosa, e fui apressar meus companheiros de viagem para sairmos logo daquele país, por mais bonito que fosse. Eles tiveram tempo de se instruir acerca de todas as grandes coisas que os espanhóis haviam feito na região. Leram as memórias do famoso bispo de Chiapa, segundo as quais parece que se havia degolado, queimado ou afogado 10 milhões de infiéis na América, a fim de convertê-los. Achei que esse bispo exagerava; mas, se se reduzem esses sacrifícios a cinco milhões de vítimas, o feito é ainda assim admirável.

O desejo de viajar me apressava sempre. Contava terminar minha volta à Europa pela Turquia: pusemo-nos a caminho. Propus-me a não mais dizer minha opinião sobre as festas que visse.

— Esses turcos são uns ímpios, que nunca foram batizados e que, por conseguinte, serão bem mais cruéis que os reverendos padres inquisidores — disse a meus companheiros. — Fiquemos em silêncio quando estivermos na terra dos maometanos.

Fui então até lá. Fiquei estranhamente surpreso ao ver que na Turquia havia muito mais igrejas cristãs do que em Cândia. Vi até mesmo grupos numerosos de monges a quem se permitia pregar livremente a Virgem Maria e maldizer a Maomé, estes em grego, aqueles em latim, alguns outros em armênio.

— Que boa gente, os turcos! — exclamei.

Os cristãos gregos e os cristãos latinos eram inimigos mortais em Constantinopla; esses escravos perseguiam-se uns aos outros como cães que se mordem na rua, e cujos donos dão pauladas para separar. O grão-vizir então protegia os gregos. O patriarca grego me acusou por ter ceado em casa do patriarca latino e fui condenado, em pleno divã, a 100 golpes de ripa na sola dos pés, afiançáveis por 500 cequins. No dia seguinte, o grão-vizir foi estrangulado; no outro dia, seu sucessor, que era pelo partido dos latinos, e que só foi estrangulado um mês depois, condenou-me à mesma multa por ter ceado em casa do patriarca grego. Estive, pois, na triste necessidade de não frequentar nem a igreja grega nem a latina. Para me consolar, contratei uma belíssima circassiana, que era a pessoa mais terna no *tête-à-tête* e mais devota na mesquita. Uma noite, nos doces transportes de seu amor, ela exclamou, beijando-me:

— Alla! Illa! Alla!

Estas são as palavras sacramentais dos turcos; pensei que fossem palavras de amor, e exclamei tão ternamente quanto ela:

— Alla! Illa! Alla!

— Ah! Deus misericordioso seja louvado! — disse ela. — Agora o senhor é turco.

Eu disse a ela que a abençoava por me haver dado a força de um turco, e me senti muito feliz. Na manhã seguinte, o imame veio para me circuncidar e, como impus certa resistência, o cádi da região, homem leal, propôs-me o empalamento: salvei meu prepúcio e meu traseiro com mil cequins e rapidamente fugi para a Pérsia, resolvido a não mais ouvir missas gregas ou latinas na Turquia nem exclamar "Alla! Illa! Alla!" durante um encontro.

Chegando a Ispaã, perguntaram-me se eu era pelo carneiro preto ou pelo branco. Respondi que dava no mesmo, contanto que fosse macio. É preciso que se saiba que as facções do Carneiro Branco e do Carneiro Preto ainda dividiam os persas. Acharam que eu zombava dos dois partidos, de sorte que mal atravessara as portas da cidade e já estava envolvido em um violento problema: custou-me ainda grande número de cequins para me livrar daqueles carneiros.

Avancei até a China, com um intérprete que me assegurou que naquele país vivia-se livre e alegremente. Os tártaros haviam-se tornado chefes, depois de terem tudo reduzido a fogo e sangue, e os reverendos padres jesuítas, de um lado, assim como os reverendos padres dominicanos, de outro, diziam que ali ganhavam almas para Deus, sem que ninguém o soubesse. Jamais se viram conversores tão zelosos; pois se perseguiam mutuamente: escreviam volumes de calúnias a Roma, tratavam-se por infiéis e prevaricadores, tudo por causa de uma alma. Havia, sobretudo, uma horrível querela entre eles, a respeito da maneira de fazer a reverência: os jesuítas queriam que os chineses saudassem seus pais e mães ao modo chinês e os dominicanos queriam que eles os saudassem ao modo de Roma. Acontece-me de ser confundido com um dominicano pelos jesuítas. Fizeram-me passar por um espião do papa na casa de Sua Majestade tártara. O conselho supremo encarregou um primeiro mandarim, que ordenou a um sargento, que comandou quatro esbirros do país, para me prender e me amarrar com todo o cerimonial. Fui conduzido, após 140 genuflexões, para a presença de Sua Majestade, que mandou perguntar-me se eu era espião do papa e se era verdade que esse príncipe viria pessoalmente para destroná-lo. Respondi-lhe que o papa era um sacerdote de 70 anos, que vivia há quatro mil léguas de Sua Sagrada Majestade tártaro-chinesa, que tinha cerca de dois mil soldados que montavam guarda com uma sombrinha, que ele não destronava ninguém e que Sua Majestade podia dormir tranquila. Foi a aventura menos funesta de minha vida. Enviaram-me a Macau, onde embarquei para a Europa.

Minha embarcação precisou de reparos perto da costa de Golconda. Aproveitei esse tempo para ver a corte do grande Aureng-zeb, do qual diziam maravilhas pelo mundo: nessa época ele estava em Delhi. Tive a sorte de vê-lo no dia da pomposa cerimônia em que recebeu o presente celeste enviado pelo xerife de Meca: a vassoura com a qual se tinha varrido a casa santa, a Caaba, a Beth Alla. Essa vassoura é o símbolo da vassoura divina, que varre todas as impurezas da alma. Aureng-zeb não parecia precisar dela, era o homem mais pio de todo o Industão. É verdade que ele tinha degolado um de seus irmãos e envenenado seu pai, 20 rajás e outros tantos *omrahs* foram mortos em seus suplícios; mas isso pouco importava, e falava-se simplesmente de sua devoção. Ele era comparado apenas à Sagrada Majestade do sereníssimo imperador do Marrocos, Mulley Ismael, que cortava cabeças todas as sextas-feiras depois da oração.

Eu não disse uma palavra; as viagens me haviam ensinado, e eu sentia que não era da minha conta decidir entre esses augustos soberanos. Um jovem francês com quem eu morava, confesso-o, faltou ao respeito com o imperador das Índias e com o do Marrocos: ele tratou de dizer mui indiscretamente que na Europa havia soberanos muito piedosos que governavam bem seus Estados e que frequentavam até as igrejas, sem contudo matar seus irmãos e irmãs nem cortar a cabeça de seus súditos. Nosso intérprete transmitiu em hindu esse discurso ímpio de meu jovem rapaz. Instruído pelo passado, mandei selar meus camelos: partimos, o francês e eu. Soube depois que, naquela mesma noite, os oficiais de Aureng-zeb vieram para nos prender e só encontraram o intérprete: ele foi executado em praça pública, e todos os cortesãos disseram que sua morte era muito justa.

Faltava-me ir ver a África, para gozar de todas as doçuras de nosso continente. E de fato eu a vi. Minha embarcação foi pega por corsários negros. Nosso comandante fez grandes queixas e perguntou-lhes por que violavam assim as leis das nações. O capitão negro respondeu:

— O nariz dos senhores é longo, e o nosso é chato; seus cabelos são lisos, e nossa lã é crespa; os senhores têm a pele cor de cinza, e nós cor de ébano; por conseguinte, pelas leis sagradas da natureza, devemos ser sempre inimigos. Os senhores nos compram nas feiras da costa da Guiné, como se fôssemos bestas de carga, para nos fazer trabalhar em sabe-se lá que emprego, sempre tão penoso quanto ridículo. Os senhores nos fazem escavar as montanhas, sob golpes de nervo de boi, atrás de uma espécie de terra amarela que, em si mesma, não serve para nada e que não vale, nem de longe, uma boa cebola do Egito; do mesmo modo, quando os encontramos, como somos mais fortes, nós os fazemos lavrar nossos campos ou lhes cortamos as orelhas.

Não pudemos responder nada a um discurso tão sábio. Fui arar o terreno de uma velha negra, para conservar minha orelha e meu nariz. Minha fiança foi paga ao fim de um ano. Eu havia visto tudo que há de belo, de bom e admirável sobre a terra: resolvi não ver mais nada além de meus penates. Casei-me em minha terra, ganhei um par de cornos e vi que este era o estado mais tranquilo da vida.

OS DOIS CONSOLADOS
(1756)

O grande filósofo Citófilo dizia um dia a uma mulher desolada e que de fato tinha motivo para estar assim:

— Madame, a rainha da Inglaterra, filha do grande Henrique IV, foi tão infeliz quanto a senhora: expulsaram-na de seu reino, ela quase morreu no oceano por causa das tempestades e viu seu real esposo morrer no cadafalso.

— Sinto por ela — disse a dama —, e pôs-se a chorar seus próprios infortúnios.

— Mas lembre-se de Mary Stuart — disse Citófilo. — Ela amava muito honestamente um bravo músico que tinha uma bela voz de baixo-barítono. Seu marido matou o músico diante de seus olhos; depois, sua boa amiga e parenta, a rainha Elizabeth, que se dizia donzela, mandou enforcá-la num cadafalso forrado de preto, depois de tê-la mantido na prisão por 18 anos.

— Muito cruel — disse a dama —, e perdeu-se novamente em sua melancolia.

— Talvez a senhora tenha ouvido falar da bela Joana de Nápoles, que foi presa e estrangulada — continuou o consolador.

— Lembro-me confusamente — disse a angustiada.

— Devo contar-lhe a aventura de uma soberana do meu tempo, que foi destronada depois de cear e está morta em uma ilha deserta — disse o outro.

— Já conheço essa história — respondeu a dama.

— Pois bem. Contarei então o que aconteceu a uma outra grande princesa a quem eu ensinei filosofia. Ela tinha um amante, como têm todas as grandes e belas princesas. Seu pai entrou em seu quarto e surpreendeu o amante, que tinha o rosto em fogo e o olho brilhante como um carbúnculo; a dama também tinha a tez muito corada. O rosto do jovem desagradou tanto ao pai que este lhe impingiu a maior bofetada que alguém já tinha dado em sua província. O amante pegou uma tenaz de mexer o fogo e quebrou a cabeça de seu sogro, que se curou com grande dificuldade e ainda hoje tem a cicatriz do ferimento. A amante, desvairada, saltou pela janela e deslocou o pé, de maneira que hoje ela coxeia visivelmente, ainda que tenha um porte admirável, apesar do acidente. O amante foi condenado à morte por ter quebrado a cabeça de tão grande príncipe. A senhora pode imaginar o estado da princesa quando conduziam o amante para a forca. Eu a vi por muito tempo quando ela estava na prisão; não falava de outra coisa que não de suas desgraças.

— Então por que o senhor não quer que eu pense nas minhas? — perguntou a dama.

— É porque não é preciso pensar — disse o filósofo. — Tantas grandes damas foram tão desafortunadas que não lhe fica bem se desesperar. Pense em Hécuba, pense em Níobe.

— Ah! — disse a dama —, se eu tivesse vivido no tempo dessa última, ou no de tantas belas princesas, e se para consolá-las o senhor contasse as minhas desgraças, pensa que elas o teriam escutado?

No dia seguinte, o filósofo perdeu seu único filho e estava a ponto de morrer de dor. A dama fez uma lista de todos os reis que haviam perdido seus filhos e levou-a ao filósofo; ele leu, achou-a muito precisa, mas não chorou menos. Três meses depois, eles se encontraram novamente e ficaram espantados por estarem ambos tão alegres. Erigiram então uma bela estátua ao Tempo, com a seguinte inscrição: *Àquele que consola*.

AVENTURA INDIANA,
traduzida pelo ignorante (1766)

Durante sua estadia na Índia, Pitágoras aprendeu na escola dos gimnosofistas, como todos sabem, a linguagem dos animais e a das plantas. Passeando um dia num campo à beira-mar, ele escutou essas palavras:

— Como sou infeliz por ter nascido grama, mal chego às duas polegadas de altura e eis um monstro devorador, um animal horrível que me esmaga sob seus enormes pés; sua cara é munida de uma fileira de foices cortantes, com a qual ele me decepa, me dilacera e engole. Os homens chamam esse monstro de carneiro. Não acredito que haja no mundo mais abominável criatura.

Pitágoras avançou alguns passos e encontrou uma ostra bocejando sobre uma pequena rocha. Ele ainda não conhecia essa admirável lei, segundo a qual não se devem comer os animais, nossos semelhantes, e ia engolir a ostra, quando ela pronunciou estas palavras enternecedoras:

— Ó, natureza! A grama, que como eu é obra sua, é feliz! Quando cortada, ela renasce, ela é imortal; e nós, pobres ostras, em vão somos protegidas por uma dupla couraça; os celerados nos comem às dúzias no almoço, e tudo se acaba para sempre. Que terrível destino o de uma ostra, e como os homens são bárbaros!

Pitágoras estremeceu; sentiu a enormidade do crime que ia cometer, pediu perdão à ostra, chorando, e colocou-a muito cuidadosamente de volta sobre sua rocha.

Voltando à cidade, como ele refletia profundamente

AVENTURA INDIANA

sobre essa aventura, viu aranhas que comiam moscas, andorinhas que comiam aranhas, gaviões que comiam andorinhas. "Nenhum desses é filósofo" — pensou.

Ao entrar na cidade, Pitágoras foi assaltado, ferido e derrubado por uma multidão de patifes que corriam e gritavam:

— Bem feito, bem feito! Eles bem que merecem!

— Quem? O quê? — disse Pitágoras, levantando-se.

E as pessoas continuavam correndo e dizendo:

— Ah! que prazer teremos ao vê-los assando!

Pitágoras pensou que eles falassem de lentilhas ou qualquer outro legume. Absolutamente não: tratava-se de dois pobres indianos.

— Ah! sem dúvidas são dois grandes filósofos que estão cansados da vida; eles ficam muito contentes de renascer sob uma outra forma; é prazeroso mudar de casa, ainda que estejamos sempre mal alojados: gosto não se discute — disse Pitágoras.

Ele avançou com a turba até a praça pública e lá viu uma grande pira acesa. Em frente à pira, um banco que se chamava tribunal e, sobre esse banco, juízes; todos esses juízes seguravam um rabo de vaca e tinham na cabeça um chapéu que imitava perfeitamente as duas orelhas do animal que carregava Sileno quando, outrora, ele veio com Baco à Índia, depois de ter atravessado a pé o mar Eritreu e de ter parado o Sol e a Lua, como é fielmente relatado nas *Órficas*.

Havia entre esses juízes um distinto homem conhecido como Pitágoras. O sábio da Índia explicou ao sábio de Samos em que consistia a festa que se ia dar ao povo hindu.

— Os dois indianos não têm nenhuma vontade de serem queimados — disse ele. — Meus graves confrades condenaram-nos a esse suplício: um por ter dito que a substância de Xaca não é a substância de Brahma e o outro por ter desconfiado que podemos agradar ao Ser Supremo pela virtude, sem precisar segurar uma vaca pelo rabo na hora da morte. Pois podemos ser virtuosos o tempo todo — dizia ele —, mas nem sempre encontramos uma vaca no momento oportuno. As boas mulheres da vila ficaram tão apavoradas com essas duas proposições heréticas que não deram sossego aos juízes até que o suplício fosse imposto a esses dois infelizes.

Pitágoras considerou que, desde a grama até o homem, havia muitos motivos para ressentimento. Contudo, fez com que os juízes, e até os devotos, ouvissem a voz da razão; e isso aconteceu apenas aquela vez.

Em seguida, foi pregar a tolerância em Crotona, mas um intolerante pôs fogo em sua casa: o filósofo foi queimado, justo ele, que havia tirado dois hindus das chamas. *Salve-se quem puder*.

ELOGIO HISTÓRICO DA RAZÃO,
proferido numa academia de província por M... (1774)

Senhores,

Erasmo fez, no século XVI, o *Elogio da loucura*. Vocês me pedem para fazer o elogio da Razão. Essa Razão, com efeito, só foi celebrada pelo menos 200 anos depois de sua inimiga, e às vezes bem mais tarde; e há nações nas quais ela ainda nem foi vista.

No tempo dos druidas, ela era tão desconhecida em nossa terra que não tinha nem nome em nossa língua. César não a levou nem à Suíça, nem a Autan, nem a Paris, que então não passava de uma aldeia de pescadores, e ele próprio mal a conhecia. Possuía tantas grandes qualidades que a Razão não pôde encontrar um lugar entre elas. Esse magnânimo imprudente saiu de nosso país devastado para ir devastar o seu, e para levar 23 murros de outros 23 ilustres furiosos que nem de longe se igualavam a ele.

O sicambro Clodvich ou Clóvis, cerca de 500 anos depois, veio exterminar uma parte de nossa nação e subjugar a outra. Não se ouvia falar em razão, nem em seu exército, nem em nossos infelizes vilarejos, a não ser na razão do mais forte.

Ficamos por muito tempo estagnados nessa horrível e aviltante barbárie. E mesmo as Cruzadas não nos tiraram dela. Esta foi, a um só tempo, a loucura mais universal, a mais atroz, a mais ridícula e a mais infeliz. A abominável loucura da guerra civil e sagrada que exterminou tanta gente da *langue d'oc* e da *langue d'oïl* sucedeu essas Cruzadas longínquas. A Razão não esteve lá. A Política então reinava em Roma e tinha por ministras suas duas irmãs: a Corrupção e a Avareza. Via-se a Ignorância, o Fanatismo, o Furor correrem sob suas ordens pela Europa; a Pobreza seguia-os por toda parte; a Razão se escondia num poço com sua filha, a Verdade. Ninguém sabia onde ficava esse poço, mas, se desconfiassem, teriam descido lá para degolar mãe e filha.

Depois que os turcos tomaram Constantinopla e duplicaram as espantosas desditas da Europa, dois ou três gregos, ao fugir, caíram nesse poço, ou antes nessa caverna, semimortos de fadiga, fome e medo.

A Razão recebeu-lhes com humanidade, deu-lhes de comer sem distinção de carnes, coisa que eles jamais tinham visto em Constantinopla. Eles receberam dela algumas poucas instruções: pois a Razão não é prolixa. Obrigou-os a jurar que não revelariam o lugar de seu retiro. Eles partiram e, depois de muita andança chegaram, à corte de Carlos v e Francisco i.

Lá, foram recebidos como acrobatas que vinham fazer apresentações de contorcionismo para entreter o ócio dos cortesãos e das damas nos intervalos de seus encontros. Os ministros dignaram-se de vê-los nos momentos de descanso que podiam ter em meio à torrente de negócios. Os dois gregos foram acolhidos até mesmo pelo imperador e pelo rei da França, que deram uma breve olhada ao passar por eles, quando iam à casa de suas amantes. Mas colheram melhores frutos nas pequenas cidades, onde encontraram bons burgueses que ainda possuíam, não se sabe como, algum bom senso.

Esses débeis vestígios se apagaram em toda a Europa entre as guerras civis que a assolaram. Duas ou três faíscas de razão não podiam aclarar o mundo em meio aos archotes ardentes e fogueiras que o fanatismo acendeu durante tantos anos. A Razão e sua filha se esconderam mais do que nunca.

Os discípulos de seus primeiros apóstolos se suicidaram, com exceção de alguns que foram imprudentes o bastante para pregar a razão desarrazoadamente e fora do tempo: isso lhes custou a vida, como aconteceu com Sócrates, mas ninguém deu atenção. Nada é tão desagradável quanto ser enforcado na obscuridade. Ocupávamo-nos tanto tempo com os são Bartolomeus, os massacres da Irlanda, os enforcamentos da Hungria, os assassinatos de reis, que não tínhamos nem tempo nem liberdade de espírito o bastante para pensar nos crimes miúdos e nas calamidades secretas que inundavam o mundo de um extremo a outro.

A Razão, informada sobre o que se passava por alguns exilados que se refugiaram em seu retiro, foi tocada de piedade, ainda que ela não seja demasiado terna. Sua filha, mais audaciosa que ela, encorajou-a a ver o mundo e a tratar de curá-lo. Elas apareceram, falaram, mas encontraram tantos maldosos interessados em contradizê-las, tantos imbecis comissionados por esses maldosos, tantos indiferentes ocupados unicamente consigo mesmos e com o momento presente, sem se afetar nem com elas nem com suas inimigas, que as duas sabiamente retornaram a seu asilo.

Contudo, algumas sementes dos frutos que elas sempre trazem consigo, e que haviam espalhado, germinaram na terra, e até sem apodrecer.

Enfim, algum tempo atrás, deu-lhes vontade de ir a Roma em peregrinação, disfarçadas e omitindo seu nome, por medo da Inquisição. Quando chegaram, dirigiram-se ao cozinheiro do papa Ganganelli, Clemente XIV. Elas sabiam que este era o cozinheiro menos ocupado de Roma. Pode-se dizer mesmo, senhores, que era o homem mais ocioso em sua profissão, segundo seus confessores.

Esse homem, depois de dar às duas peregrinas um jantar quase tão frugal quanto o do papa, apresentou-as a Vossa Santidade, que elas encontraram lendo as *Meditações*, de Marco Aurélio. O papa percebeu os disfarces e beijou-as cordialmente, apesar da etiqueta.

— Senhoras, se pudesse imaginar que estavam sobre a Terra, eu as teria visitado primeiro — disse ele.

Depois dos cumprimentos, falou-se de negócios. A partir do dia seguinte, Ganganelli aboliu a bula *In cœna Domini*, um dos grandes monumentos da loucura humana, que por muito tempo havia ultrajado todos os potentados. No outro dia, tomou a decisão de destruir a companhia de Garasse, de Guignard, de Garnet, de Busembaum, de Malagrida, de Paulian, de Patouillet, de Nonotte; e a Europa bateu palmas. No terceiro dia, diminuiu os impostos de que o povo reclamava. Fomentou a agricultura e todas as artes; fez-se amado por todos que passavam por inimigos de seu posto. Disseram então em Roma que havia somente uma nação e uma lei no mundo.

As duas peregrinas, muito surpresas e satisfeitas, despediram-se do papa, que as presenteou não com *agnus* e relíquias, mas com uma boa carruagem para continuarem a viagem. Até então, a Razão e a Verdade não tinham o costume de prover seu conforto.

Elas visitaram toda a Itália e se surpreenderam por lá encontrar, em vez do maquiavelismo, uma emulação entre os príncipes e as repúblicas, desde Parma até Turim, para ver quem faria seus súditos mais honrados, mais ricos e mais felizes.

— Minha filha — disse a Razão à Verdade —, eis aqui, creio eu, nosso reinado, que bem poderia começar depois de nossa longa prisão. Alguns dos profetas que vieram nos visitar em nosso poço devem ter sido bem potentes em palavras e obras, para assim mudar a face da Terra. Vês que tudo vem tarde; era preciso passar pelas trevas da ignorância e da mentira antes de voltar ao teu palácio de luz, de onde foste expulsa junto comigo por tantos séculos. Acontecerá conosco o que acontece com a Natureza: ela foi coberta por um véu ruim e tudo ficou desfigurado por incontáveis séculos. Por fim, vieram um Galileu, um Copérnico e um Newton, que a mostraram quase nua e deixaram os homens apaixonados por ela.

Conversando assim, chegaram a Veneza. O que mais lhes chamou a atenção foi um procurador de São Marcos, que segurava uma grande tesoura em frente a uma mesa coberta de garras, bicos e plumas negras.

— Ah! — exclamou a Razão. — Deus me perdoe, *lustrissimo signore*, creio que essa é uma de minhas tesouras, que eu tinha levado ao meu poço, quando me refugiava com minha filha! Como Sua Excelência pode tê-la? E o que faz com ela?

— *Lustrissima signora*, pode ser que a tesoura tenha outrora pertencido a Vossa Excelência — respondeu o procurador —; mas foi um tal de Fra Paolo que ma trouxe há muito tempo, e nós a usamos para cortar as garras da Inquisição, que a senhora vê espalhadas sobre essa mesa. Essas plumas negras pertencem a harpias que vi-

ELOGIO HISTÓRICO DA RAZÃO

nham comer o jantar da república; nós lhes cortamos todos os dias as unhas e a ponta do bico. Sem essa precaução, elas acabariam engolindo tudo: não restaria nada para os grandes sábios, nem para os *pregadi*, nem para os cidadãos. Se a senhora passar pela França, talvez encontre em Paris sua outra tesoura em casa de um ministro espanhol, que em seu país servia-se dela para o mesmo fim que nós e que um dia será abençoado pelo gênero humano.

As viajantes, depois de assistirem à ópera veneziana, foram para a Alemanha. Viram com satisfação esse país, que no tempo de Carlos Magno não passava de uma imensa floresta entrecortada por pântanos, agora coberto de cidades florescentes e tranquilas; esse país povoado de soberanos outrora bárbaros e pobres, que se tornaram educados e magníficos; esse país que nos tempos antigos teve apenas as bruxas como pregadoras, imolando homens sobre pedras grosseiramente talhadas; esse país que, em seguida, foi inundado de seu sangue para saber com exatidão se a coisa estava *in, cum, sub* ou não; esse país que enfim acolheu em seu seio três religiões inimigas, espantadas por viverem pacificamente juntas.

— Deus seja louvado! — disse a Razão. — Essas pessoas aqui finalmente vieram a mim, depois de tanta demência.

Foram apresentadas a uma imperatriz que era bem mais que razoável, pois era benfazeja. As peregrinas ficaram tão contentes com ela que não deram atenção a alguns costumes que as chocaram, mas ficaram ambas enamoradas do imperador, seu filho.

Sua estupefação duplicou quando estavam na Suécia.

— Mas como? — perguntavam-se elas. — Uma revolução tão difícil e, contudo, tão rápida! Tão perigosa e, entretanto, tão pacífica! E, depois deste grande dia, nem mais um dia perdido sem fazer o bem, e tudo isso numa idade que raramente é a da razão! Fizemos muito bem em sair de nosso esconderijo quando este grande acontecimento foi motivo de admiração por toda a Europa!

De lá, elas passaram rapidamente para a Polônia.

— Ah, minha mãe, que contraste! — exclamou a Verdade. — Dá-me vontade de voltar ao meu poço. Eis o que resulta de sempre esmagar a porção mais útil do gênero humano e de tratar os agricultores pior do que eles tratam seus animais na lavoura. Esse caos da anarquia não poderia enveredar para outro caminho que não o da ruína, nós já o havíamos predito claramente. Rogo por um monarca virtuoso, sábio e humano; e ouso esperar que seja feliz, pois que outros reis já começam a sê-lo e que as vossas luzes se comunicam gradualmente. Vejamos — continuou ela — uma mudança mais favorável e mais surpreendente. Vamos a essa imensa região hiperbórea que era tão bárbara há 80 anos e que hoje é tão esclarecida e invencível. Vamos contemplar aquela que realizou o milagre de uma criação nova...

Elas correram para lá e reconheceram que não se lhes tinha dito o bastante.

Elas não paravam de admirar como o mundo havia mudado desde há alguns anos. Concluíram que talvez um dia o Chile e as terras austrais se tornassem o centro da polidez e do bom gosto, que seria necessário ir ao polo antártico para aprender a viver.

Quando foram à Inglaterra, a Verdade disse à sua mãe:

— Parece-me que a felicidade desta nação é absolutamente diferente das outras: ela foi mais louca, mais fanática, mais cruel e mais infeliz do que qualquer uma das que conheço; e eis que instituiu um governo único, no qual se conservou tudo que a monarquia tem de útil e tudo que uma república tem de necessário. Ela é superior na guerra, na lei, nas artes, no comércio. Vejo-a em dificuldade somente com a América Setentrional, que conquistou num extremo do universo, e com as mais belas províncias da Índia, subjugadas no outro extremo. Como fará para carregar esses dois fardos de sua felicidade?

— A carga é pesada — disse a Razão. — Mas, se me escutar um pouco, a Inglaterra encontrará expedientes que a tornarão muito leve.

Enfim a Razão e a Verdade passaram pela França: elas já haviam feito algumas aparições por lá e foram escorraçadas.

— A senhora lembra da extrema vontade que tínhamos de nos estabelecer entre os franceses nos belos dias de Luís xiv? — perguntava a Verdade à sua mãe. — Mas as querelas impertinentes dos jesuítas e dos jansenistas logo nos fizeram fugir. As queixas contínuas do povo não foram capazes de nos trazer de volta. Ouço agora as aclamações de 20 milhões de homens que abençoam o Céu. Uns dizem: "Este acontecimento é ainda mais jubiloso porque não pagamos por essa alegria". Outros bradam: "O luxo é pura vaidade. As repetições inúteis, os gastos supérfluos, os produtos excessivos serão suprimidos"; e eles têm razão. "Todo imposto será abolido"; e nisso estão errados, pois é preciso que cada particular pague pela felicidade geral.

"As leis serão uniformes"; nada é mais desejável e, contudo, mais difícil.

"Vamos repartir com os indigentes que trabalham, e sobretudo com os pobres oficiais, os imensos bens de certos ociosos que fizeram voto de pobreza. Essa gente de mão-morta não terá mais escravos de mão-morta. Não se verão mais bedéis de monges expulsar da casa paternal órfãos reduzidos à mendicância, para enriquecer com seus espólios um convento no gozo de direitos senhoriais, que são os direitos dos antigos conquistadores. Não se verão mais famílias inteiras pedindo esmola em vão à porta deste convento que os extorque." Queira Deus! Nada é mais digno de um rei. O rei da Sardenha acabou com esse abominável abuso em sua terra. Façam os Céus com que esse abuso seja exterminado na França!

A senhora não escuta, minha mãe, todas essas vozes que dizem: "Os casamentos de cem mil famílias úteis ao Estado não serão mais chamados de concubinagens, e as crianças não serão mais declaradas bastardas pela lei?" A natureza, a justiça e a senhora, minha mãe, tudo pede para esse grande assunto uma regulamentação sábia, compatível com o repouso do Estado e com os direitos de todos os homens.

"A profissão de soldado tornar-se-á tão honrada que não haverá tentação para desertar." A coisa é possível, mas delicada.

"As pequenas faltas não serão de modo algum punidas como grandes crimes, dado que a proporção é necessária em tudo. Uma lei bárbara, obscuramente enunciada, mal interpretada, não mais fará crianças indiscretas e imprudentes perecerem atrás de barras de ferro ou nas chamas, como foram assassinados seus pais e mães." Este deveria ser o primeiro axioma da justiça criminal.

"Os bens de um pai de família não mais serão confiscados, porque as crianças não devem de modo algum morrer de fome pelas faltas de seu pai e porque o rei não tem nenhuma necessidade desse miserável confisco." Maravilha! E isso é digno da magnanimidade do soberano.

"A tortura — outrora inventada pelos ladrões de estrada para forçar as vítimas a entregar seus tesouros e hoje empregada em um pequeno número de nações para salvar um culpado robusto ou condenar um inocente fraco de corpo e espírito — só será usada nos crimes de lesa-sociedade, contra o primeiro chefe, e somente para que revele seus cúmplices. Mas esses crimes não serão cometidos jamais." Nada melhor. Eis o que escuto por toda parte; e escreverei todas essas grandes mudanças em meus anais, eu, que sou a Verdade. Ouço ainda ao meu redor proferirem outras palavras notáveis, em todos os tribunais: "Nunca mais citaremos os dois poderes, porque só pode existir um: o do rei, numa monarquia; o da nação, numa república. O poder divino é de natureza tão diferente e tão superior que não deve estar comprometido numa mistura profana com as leis humanas. O infinito não pode juntar-se ao finito. Gregório VII foi o primeiro que ousou chamar o infinito em seu socorro nessas guerras até então inauditas contra Henrique IV, imperador demasiado finito, quer dizer, limitado. Tais guerras ensanguentaram a Europa por muito tempo; mas enfim separaram-se esses dois seres veneráveis que não tinham nada em comum, e este é o único meio de estar em paz". Esses discursos, sustentados por todos os ministros das leis, parecem-me bastante fortes. Sei que não se reconhecem dois poderes nem na China, nem na Índia, nem na Pérsia, nem em Constantinopla, nem em Moscou, nem em Londres etc. Mas eu me fio em vós, minha mãe. Não escreverei nada que a senhora não tenha ditado.

A Razão respondeu:

— Minha filha, percebeis que eu desejo mais ou menos as mesmas coisas, e algumas mais. Tudo isso demanda tempo e reflexão. Estive já muito contente quando, em meio às minhas mágoas, tive parte do alívio que queria. Estou hoje muito feliz. Lembrais do tempo em que quase todos os reis da Terra, estando em profunda paz, divertiam-se com adivinhações, tempo em que a bela rainha de Sabá vinha pessoalmente propor logogrifos a Salomão?

— Sim, minha mãe; era um tempo feliz, mas não perdurou.

— Pois este é infinitamente melhor — continuou a mãe. — Naquela época só se desejava mostrar um pouco de espírito. E vejo que, há de dez ou doze anos, as pessoas vêm se dedicando às artes e às virtudes necessárias, que adoçam o amargor da vida. De modo geral, parece que a palavra foi dada para pensar mais solidamente o que se havia feito durante milhares de séculos. Vós, que jamais pudestes mentir, dizei-me qual tempo teríeis preferido ao presente para viver na França.

— Tenho fama de gostar de dizer coisas bastante duras às pessoas ao meu redor; e a senhora bem sabe que nunca deixei de fazê-lo; mas confesso que só tenho coisas boas a dizer do tempo em que nos encontramos, a despeito de tantos autores que louvam apenas o passado. Devo ensinar à posteridade que foi nessa era que os homens aprenderam a se prevenir de uma doença tenebrosa e mortal, tornando-a menos funesta; a devolver a vida àqueles que a perdem nas águas; a navegar e desafiar os trovões; a substituir o ponto fixo que em vão se deseja do Oriente ao Ocidente. Muito mais se fez em moral: ousou-se pedir às leis justiça contra as leis que haviam condenado a virtude ao suplício; e essa justiça foi alcançada num dado momento. Enfim, ousou-se pronunciar a palavra "tolerância".

— Muito bem, minha cara filha, gozemos desses belos dias; fiquemos aqui, se eles perdurarem; e, se as tempestades vierem, voltemos ao nosso poço.

SONHO DE PLATÃO

Platão sonhava muito, e nós não sonhamos menos depois dele. Ele sonhou que a natureza humana foi outrora dupla e que, como punição por suas faltas, foi dividida em macho e fêmea.

Ele provou que só pode haver cinco mundos perfeitos, porque há apenas cinco corpos regulares na matemática. Sua *República* foi um de seus grandes sonhos. Ele sonhou ainda que o dormir nasce da vigília, e a vigília do dormir, e que a visão é certamente menor quando se olha um eclipse alhures do que quando o vemos numa bacia d'água. Os sonhos então conferiam grande fama.

Eis aqui um de seus sonhos, que não é dos menos interessantes. Pareceu-lhe que o grande Demiurgo, o grande geômetra, tendo povoado o infinito espaço de incontáveis globos, quis testar a ciência dos gênios que haviam sido testemunhas de sua obra. Deu a cada um deles um pedacinho de matéria para organizar, mais ou menos como Fídias e Zêuxis teriam feito com seus discípulos, mandando-os fazer estátuas e quadros, se nos é permitido comparar as pequenas coisas às grandes.

Demogórgon recebeu na partilha o pedaço de barro a que chamamos a *Terra*; e, tendo-a arranjado da maneira como a vemos hoje, ele pretendia ter feito uma obra-prima. Ele pensava ter causado inveja e esperava elogios até mesmo de seus confrades. Assim, ficou bastante surpreso quando foi recebido com vaias.

Um dos confrades, que era péssimo gracejador, disse-lhe:

— Sinceramente, o senhor agiu muito bem: separou seu mundo em dois e colocou um grande espaço de água entre os dois hemisférios, a fim de que não haja nenhuma comunicação entre eles. Vai-se gelar de frio em seus dois polos e morrer de calor em sua linha equinocial. O senhor prudentemente estabeleceu grandes desertos de areia para que os passantes lá morressem de fome e sede. Fico contente por seus carneiros, suas vacas e seus frangos, mas, francamente, folgo menos por suas serpentes e aranhas. Suas cebolas e alcachofras são coisas muito boas, mas não vejo qual possa ter sido sua ideia ao cobrir a terra com tantas plantas venenosas, a menos que o senhor deseje envenenar seus habitantes. Parece-me, de resto, que o senhor formou umas 30 espécies de macacos, muito mais espécies de cães, e apenas quatro ou cinco espécies de homens. É verdade que o senhor deu a esse último animal isso que chama de *a razão*, mas, na realidade, tal razão é muito ridícula e se aproxima demasiado da loucura. Parece-me, aliás, que o senhor não faz muito caso desse animal, visto que deu a ele tantos inimigos e tão pouca defesa, tantas doenças e tão pouco remédio, tantas paixões e tão pouca sabedoria. Aparentemente, o senhor não quer que sobrem muitos desses animais sobre a terra, pois, sem contar os perigos aos quais os expôs, o senhor sabe muito bem que um dia a variolazita levará regularmente, a cada ano, a décima parte desta espécie, e que a irmã dessa variolazita envenenará a fonte da vida das nove partes que restarem; e, como se não bastasse, o senhor dispôs as coisas de uma tal maneira que a metade dos sobreviventes se ocupará de pedir, e a outra metade de se matar; eles sem dúvida deverão muitas obrigações ao senhor, e o senhor fez uma obra-prima.

Demogórgon enrubesceu; percebeu claramente que havia males morais e físicos em seu negócio, mas defendeu que havia mais bem do que mal.

— É fácil criticar — disse ele —, mas pensa o senhor que é fácil fazer um animal que seja sempre razoável, que seja livre e não abuse de sua liberdade? Pensa o senhor que, quando se tem 9 ou 10 mil plantas por alporcar, pode-se facilmente evitar que algumas delas tenham qualidades nocivas? O senhor acaso imagina que, com uma certa quantidade de água, areia, lama e fogo, pode-se não ter nem mar nem deserto? O senhor, meu caro galhofeiro, acaba de organizar o planeta Marte: veremos como se saiu com suas duas grandes bandas, e que belo efeito têm suas noites sem lua; veremos se não haverá entre a sua gente loucura nem doença.

Com efeito, os gênios examinaram Marte e censuraram rudemente o zombeteiro. O gênio sério que havia modelado Saturno não foi poupado; seus confrades, os fabricadores de Júpiter, Mercúrio e Vênus, tiveram todos de ouvir repreensões.

Escreveram grossos volumes e brochuras, disseram aforismos, fizeram canções, ridicularizaram-se uns aos outros, os partidos se exasperaram. Enfim, o Demiurgo impôs silêncio a todos:

— Os senhores fizeram coisas boas e ruins, porque têm muita inteligência e porque são imperfeitos — disse ele. — Suas obras durarão somente algumas centenas de milhões de anos, depois disso, estando mais bem instruídos, os senhores farão melhor. Cabe somente a mim fazer coisas perfeitas e imortais.

Eis o que Platão ensinava a seus discípulos. Quando

ele terminou de falar, um deles disse: *E então o senhor acordou.*

PEQUENA DIGRESSÃO

No início da fundação do Quinze-Vingts,[1] sabe-se que os internos eram todos iguais e que seus pequenos negócios se decidiam pela pluralidade de vozes. Eles distinguiam perfeitamente, pelo toque, a moeda de cobre da de prata; nenhum deles jamais tomou vinho de Brie pensando ser o da Borgonha. Seu olfato era mais fino que o de seus vizinhos que tinham dois olhos. Aprofundaram-se perfeitamente em seus quatro sentidos, isto é, sabiam tudo o que é permitido saber, e viveram pacíficos e afortunados à medida que o Quinze-Vingts pode sê-lo. Infelizmente, um de seus professores julgava ter noções claras sobre o sentido da visão; ele se fez ouvir, intrigou, reuniu entusiastas: enfim, foi reconhecido como chefe da comunidade. Pôs-se então a determinar arbitrariamente as cores, e tudo se perdeu.

Esse primeiro ditador do Quinze-Vingts formou, inicialmente, um pequeno conselho, com o qual se tornou o administrador de todas as esmolas. Assim, ninguém ousava desobedecê-lo. Ele decidiu que todas as roupas do Quinze-Vingts eram brancas, os cegos acreditaram e só falavam de suas belas vestes brancas, ainda que não houvesse uma única dessa cor. Todos caçoavam deles, eles iam se queixar com o ditador, que os tratava muito mal;

---

[1] Hospital fundado em 1260 em Paris por Luís IX para abrigar os cegos — supostamente os cruzados que tiveram seus olhos furados pelos muçulmanos no Egito, durante a Sétima Cruzada. O nome do hospital se deve ao número de pacientes que comportava: trezentos (15 x 20 = 300), e ele funciona até os dias atuais, como um centro especializado em doenças oculares.

PEQUENA DIGRESSÃO

chamava-os de inovadores, de espíritos livres, de rebeldes, que se deixavam seduzir pelas opiniões errôneas dos que tinham os olhos bons e que ousavam duvidar da infalibilidade de seu mestre. Essa querela formou dois partidos.

O ditador, para apaziguá-los, decretou que todas as vestes eram vermelhas. Não havia nenhuma veste vermelha no Quinze-Vingts. Caçoaram deles mais do que nunca: novas queixas por parte da comunidade. O ditador ficou enfurecido, os cegos também, enfrentaram-se por muito tempo e a concórdia só foi restabelecida quando se permitiu a todos os internos do Quinze-Vingts a suspensão de julgamento sobre a cor de suas vestimentas.

Um surdo, ouvindo essa historinha, reconheceu que os cegos estavam errados em julgar as cores, mas manteve-se firme na opinião de que cabe apenas aos surdos julgar a música.

O BRANCO E O PRETO
(1764)

Na província de Candahar, todos conhecem a aventura do jovem Rustan. Ele era o único filho do mirzá do país, título que corresponde para nós ao marquês, ou ao barão para os alemães. Seu pai tinha um patrimônio honesto. Rustan deveria casar-se com uma jovem donzela, ou marzesa, da sua estirpe. As duas famílias desejavam com ardor esse casamento. Ele deveria consolar seus pais, fazer feliz sua mulher e ser feliz com ela.

Mas, por infelicidade, Rustan vira a princesa da Caxemira na feira de Cabul, que é a feira mais importante do mundo e incomparavelmente mais frequentada que as de Bassorá e Astracã.

Eis o motivo por que o velho príncipe da Caxemira fora à feira com sua filha: ele havia perdido as duas peças mais raras de seu tesouro: uma era um diamante grande como um polegar, sobre o qual o rosto de sua filha fora esculpido por uma técnica que os indianos então dominavam, e que depois se perdeu; a outra era um dardo que ia sozinho para onde se quisesse, coisa não muito extraordinária para nós, mas que na Caxemira era.

Um faquir de Sua Alteza roubara-lhe essas duas joias e deu-as para a princesa. "Guarde cuidadosamente essas duas peças," — disse-lhe ele —, "seu destino depende delas." Então ele partiu e nunca mais foi visto. O duque da Caxemira, desesperado, resolveu ir à feira de Cabul ver se, entre todos aqueles mercadores que vêm dos quatro cantos do mundo para a feira, algum não estaria com seu diamante e sua arma. Ele levava a filha em todas as suas viagens. A princesa trazia o diamante bem preso em sua cintura e, como não podia esconder o dardo com tanta facilidade, deixou-o na Caxemira, trancado dentro de seu cofre chinês.

Rustan e ela se viram em Cabul; eles se amaram com toda a boa-fé de sua idade e toda a ternura de seu país. Como prova de seu amor, a princesa deu a Rustan seu diamante e ele, na despedida, prometeu ir secretamente à Caxemira para vê-la.

O jovem mirzá tinha dois protegidos que lhe serviam de secretários, escudeiros, mordomos e criados de quarto. Um se chamava Topázio, era belo, bem-apanhado, branco como uma circassiana, doce e servil como um armênio e sábio como um guebro. O outro se chamava Ébano, era um negro muito bonito, mais diligente e astuto que Topázio e que não achava nada difícil. Rustan comunicou-lhes seu projeto de viagem. Topázio se encarregou de dissuadi--lo, com o zelo circunspecto de um serviçal que não queria desagradar, e mostrou-lhe tudo o que punha em risco com a empreitada. Como deixar duas famílias em desespero? Como cortar o coração de seus pais? Ele acabou desencorajando Rustan, mas Ébano levantou seu moral e o fortaleceu novamente.

O jovem não tinha dinheiro para uma viagem tão grande. O prudente Topázio não o teria deixado emprestar o dinheiro; Ébano providenciou-o. Pegou com cuidado o diamante de seu mestre, mandou fazer uma cópia idêntica e colocou-a no lugar do verdadeiro, e este ele penhorou com um armênio por alguns milhares de rupias. Quando o marquês conseguiu suas rupias, tudo estava pronto para a partida. Carregaram um elefante com a bagagem, montaram aos cavalos. Topázio disse a seu mestre: "Tomei a liberdade de alertá-lo sobre sua empreitada, mas depois de alertar é preciso obedecer. Sou seu criado, amo o senhor e o seguiria até o fim do mundo; mas consultemos no caminho o oráculo que está a duas parasangas daqui".

Rustan consentiu. O oráculo respondeu: "Se vais para o oriente, estarás no ocidente". Rustan nada entendeu dessa resposta. Topázio defendeu que ela não tinha nada de bom. Ébano, sempre complacente, persuadiu-o de que ela era muito favorável.

Havia um outro oráculo em Cabul, e eles foram até lá. O oráculo de Cabul proferiu estas palavras: "Se tu possuis, não possuirás; se és vencedor, não vencerás; se tu és Rustan, não o serás". Esse oráculo pareceu ainda mais ininteligível que o outro. "Cuide-se" —, dizia Topázio. — "Nada tema", — dizia Ébano. E, como podemos imaginar, esse ministro tinha sempre razão para seu amo, encorajado por sua paixão e esperança.

Ao sair de Cabul, caminharam por uma grande floresta, sentaram-se na relva para comer e deixaram os cavalos pastar. Preparavam-se para descarregar o elefante que trazia o jantar e o serviço, quando perceberam que Topázio e Ébano não estavam mais com a pequena caravana. Chamaram por eles, a floresta reverberou os nomes de Ébano e Topázio. Os criados procuraram por todos os lados, encheram a floresta com seus brados e voltaram sem nada ter visto, ninguém respondera a seus chamados. — "Encontramos somente um abutre que lutava com uma águia e arrancava todas suas penas" — disseram a Rustan. O tal combate chamou a atenção de Rustan, que foi a pé até o local e não viu nem abutre nem águia, o que viu foi seu elefante, ainda carregado com a bagagem, sendo atacado por um grande rinoceronte. Um investia com o chifre, o outro com a tromba. O rinoceronte fugiu quando viu Rustan, os criados levaram o elefante de volta, mas não encontraram mais os cavalos. — "Que coisas estranhas acontecem na floresta quando se viaja!" — exclamou Rustan. Os criados estavam consternados, e o mestre desesperado por perder de uma só vez seus cavalos, seu estimado negro e o sábio Topázio, por quem sempre tivera amizade, ainda que sempre discordasse dele.

O viajante consolava-se com a esperança de logo estar junto da princesa da Caxemira, quando encontrou um grande asno rajado, em que um camponês forte e terrível dava pauladas. Nada é tão belo, tão raro e tão leve na corrida do que os asnos dessa espécie. O animal respondia aos golpes do bruto com coices que dariam para arrancar um carvalho. O jovem mirzá defendeu o asno, o que era mais acertado, pois se tratava de uma criatura encantadora. O camponês fugiu dizendo ao asno: — "Você me paga!". O asno agradeceu seu salvador em sua linguagem: ele se aproximou, deixou-se acarinhar e acarinhou-o. Rustan, depois de jantar, monta no animal e toma o caminho da Caxemira com seus criados, que o seguem, uns a pé, outros montados no elefante.

Mal ele sobe no asno, o animal vira-se na direção de Cabul, em vez de seguir a rota para Caxemira. De nada adiantou o mestre virar as rédeas, sacudir-se, apertar os joelhos, calcar as esporas, soltar as rédeas, puxá-las novamente para si, chicotear à direita e à esquerda: o teimoso animal continuava a correr na direção de Cabul.

Rustan suava, debatia-se, desesperava, quando encontrou um mercador de camelos que lhe disse: — "Mestre, você tem aí um asno bem malandro, que te leva aonde você não quer ir. Se quiser deixá-lo para mim, pode escolher quatro de meus camelos". Rustan agradeceu à Providência por ter-lhe arranjado um negócio tão bom. — "Topázio muito se enganou ao dizer que a viagem seria infeliz" — disse ele. Montou no camelo mais bonito, os três outros seguiram atrás e, assim, ele se juntou à caravana e pôs-se no caminho para sua felicidade.

Mal andou quatro parasangas e foi barrado por uma torrente de água profunda, larga e impetuosa, que rolava dos rochedos brancos de espuma. As duas margens eram precipícios medonhos que ofuscavam a vista e paralisavam a coragem. Não havia meio de passar nem de ir para a direita ou a esquerda. — "Começo a achar que Topázio tinha razão de censurar minha viagem e que cometi um grande erro em levá-la adiante" — disse Rustan. — "Se pelo menos ele estivesse aqui, poderia me dar bons conselhos. Se eu tivesse Ébano, ele me consolaria, ele encontraria uma solução... mas tudo me falta." Seu embaraço aumentou ainda mais pela consternação de seu grupo: a noite estava escura e eles atravessaram-na lamentando as desditas do dia. Por fim, a fadiga e o abatimento venceram o viajante apaixonado.

Ele desperta ao amanhecer e vê uma bela ponte de mármore que se estende sobre a torrente de uma margem à outra. Foram tantas as exclamações, os gritos de espanto e alegria! — "Como é possível? É um sonho? Que prodígio! Que encanto! Ousaremos atravessá-la?" Todo o grupo punha-se de joelhos e levantava, ia até a ponte, beijava a terra, olhava o céu, estendia as mãos, colocava o pé tremendo de emoção, iam, voltavam, estavam em êxtase. Rustan disse: — "Desta vez o céu me favoreceu. Topázio não sabia o que dizia, os oráculos estavam a meu favor, Ébano tinha razão... mas por que ele não está aqui?".

Mal a caravana chegou ao outro lado da ponte, e ela

caiu na água, fazendo um barulho estrondoso. — "Melhor ainda! Melhor ainda!" — exclamou Rustan. — "Deus seja louvado! Abençoado seja! Ele não quer que eu volte ao meu país, onde eu não seria mais que um simples gentil-homem. Deseja que eu me case com aquela que amo. Serei príncipe da Caxemira e, assim, possuindo minha amante, não possuirei meu pequeno marquesado em Candahar. Eu serei Rustan e, ao mesmo tempo, não serei, pois me tornarei um grande príncipe: eis uma parte considerável do oráculo claramente explicada a meu favor, o resto se explicará do mesmo modo. Estou tão feliz… mas por que Ébano não está comigo? Eu lamento sua falta mil vezes mais que a de Topázio."

Ele avançou ainda algumas parasangas com a maior alegria mas, no final do dia, uma cadeia de montanhas mais abruptas que uma contraescarpa e mais altas do que seria a torre de Babel (se ela tivesse sido terminada) barrou completamente a passagem da caravana, que ficou tomada de medo. Todos gritaram: — "Deus quer que pereçamos aqui! Ele só despedaçou a ponte para nos tirar toda a esperança de voltar e só ergueu estas montanhas para nos impedir de avançar. Ó Rustan! Ó marquês infeliz! Nunca veremos a Caxemira, nunca retornaremos à terra de Candahar".

Na alma de Rustan, a dor mais pungente, o abatimento mais extenuante sucederam a alegria desmedida que ele havia sentido e as esperanças que o inebriavam. Ele estava bem longe de interpretar as profecias a seu favor. — "Ó Céu! Deus Pai! Era mesmo preciso que eu perdesse meu amigo Topázio?"

Enquanto proferia essas palavras, suspirando profundamente e vertendo lágrimas junto a seus companheiros desesperados, eis que a base da montanha se abre e uma longa galeria abobadada, iluminada por cem mil tochas, apresenta-se diante dos olhos ofuscados. Rustan exclamava, e sua gente se jogava no chão de joelhos, e caía de espanto, e gritava: — "Milagre!"—, e dizia: — "Rustan é o protegido de Vishnu, o bem-amado de Brahma; ele será o mestre do mundo". Rustan também acreditava nisso, ele estava fora de si, como se flutuasse sobre si mesmo. — "Ah, meu caro Ébano, onde está você, que não pode testemunhar todas essas maravilhas? Como fui perdê-lo? Bela princesa da Caxemira, quando verei de novo seus encantos?"

Rustan avança então com seus criados, seu elefante e seus camelos por sob a abóbada da montanha, no fim da qual havia uma campina matizada de flores e bordada de riachos. No fim da campina, havia alamedas a perder de vista e, no fim dessas alamedas, um rio ao longo do qual havia mil casas de prazer com jardins deliciosos. Por toda parte, ele escuta música de vozes e instrumentos, vê danças, e se apressa para atravessar uma das pontes. Do outro lado, pergunta ao primeiro que vê que belo país é aquele.

O homem a quem Rustan se dirigiu respondeu-lhe: — "O senhor está na província da Caxemira. Vê os moradores alegres, em festa? Celebramos as núpcias de nossa bela princesa, que se vai casar com o senhor Barbabu, a quem seu pai a prometeu. Que Deus perpetue a felicidade deles!". Ouvindo tais palavras Rustan caiu desmaiado. O senhor da Caxemira pensou que ele sofresse de epilepsia e levou-o à sua casa, onde Rustan permaneceu por um longo tempo desmaiado. Foram trazidos os dois médicos mais hábeis da região, eles examinaram o doente que, começando a retomar os sentidos, soluçava, revirava os olhos e exclamava vez por outra: — "Topázio, Topázio, você bem que tinha razão!".

Um dos médicos disse ao senhor da Caxemira: — "Vejo pelo sotaque que é um jovem de Candahar, a quem o ar deste país não faz bem. É preciso mandá-lo para casa; vejo em seus olhos que ele enlouqueceu. Deixe-o comigo, eu o levarei de volta para sua pátria e o curarei". O outro médico assegurou que a doença do rapaz não passava de mágoa e que era melhor levá-lo ao casamento da princesa e fazê-lo dançar. Enquanto discutiam, o doente retomou as forças, os dois médicos foram dispensados, e Rustan conversou com seu anfitrião.

— Senhor — disse ele —, peço perdão por ter desmaiado na sua frente, sei que isso não é educado. Suplico-lhe que queira aceitar meu elefante, como reconhecimento das bondades com que me honrou. — Em seguida, contou-lhe todas as suas aventuras, evitando falar do objetivo de sua viagem. — Mas, em nome de Vishnu e Brahma, diga-me quem é este bendito Barbabu que se casa com a princesa da Caxemira, por que seu pai escolheu-o como genro e por que a princesa o aceitou como esposo.

— Senhor — respondeu o da Caxemira —, a princesa absolutamente não aceitou Barbabu, ao contrário, ela está aos prantos, ainda que toda a província celebre com alegria seu casamento. Trancou-se na torre de seu palácio e não quer ver nenhuma das festas que se fizerem para ela.

Ouvindo essas palavras, Rustan sentiu-se renascer; o brilho das cores, que a dor havia apagado, voltou a seu rosto.

— Diga-me por favor — continuou ele — por que o príncipe da Caxemira insiste em dar sua filha a um tal de Barbabu que ela não quer.

— Eis o problema — respondeu o outro. — Sabe o senhor que nosso augusto príncipe havia perdido um grande diamante e um dardo de que gostava muito?

— Bem sei!

— Pois saiba que nosso príncipe, no desespero de não obter nenhuma notícia de suas joias, depois de tê-las procurado por muito tempo e por toda a Terra, prometeu a mão de sua filha a quem trouxesse de volta o diamante ou o dardo. Veio o senhor Barbabu com o diamante e ele se casa amanhã com a princesa.

Rustan empalideceu, gaguejou uma despedida, pediu licença a seu anfitrião e correu montado em um dromedário à capital, onde a cerimônia deveria realizar-se. Ele chega ao palácio do príncipe, diz que tem coisas importantes a comunicar-lhe, pede uma audiência; respondem que o príncipe está ocupado com os preparativos do casamento. — "É por isso mesmo que desejo falar-lhe" — diz ele. Tanto pede que enfim deixam-no entrar.

— Meu senhor — diz ele —, que Deus coroe todos os seus dias com glória e magnificência! Seu genro é um patife.

— Como assim um patife?! O que você ousa me dizer? É assim que se fala ao duque da Caxemira do genro que ele escolheu?

— Sim, um patife — afirmou Rustan. — E para provar o que digo a Vossa Alteza, trago aqui vosso diamante. Veja.

O duque, surpreso, comparou os dois diamantes e, como ele os conhecia muito pouco, não pôde dizer qual era o verdadeiro. — "Eis dois diamantes" — disse ele —, "e eu só tenho uma filha: estou numa estranha confusão!" Chamou então Barbabu e perguntou-lhe se ele não poderia ter-se enganado. Barbabu jurou que havia comprado seu diamante de um armênio, Rustan não dizia como havia conseguido o seu, mas propôs uma solução: se fosse do agrado de Sua Alteza, que os dois rivais se enfrentassem em combate imediatamente.

— Não é suficiente que seu genro lhe dê um diamante, ele precisa também dar provas de seu valor — disse ele. — O senhor não acha bom que se case com a princesa aquele que matar o outro?

— Muito bom — respondeu o príncipe. — Será um belíssimo espetáculo para a corte. Comecem logo a lutar, vocês dois. O vencedor ficará com as armas do vencido, como é costume na Caxemira, e se casará com a minha filha.

Os dois pretendentes desceram em seguida para o pátio. Pousados na escada estavam uma gralha do campo e um corvo. O corvo gritava: — "Lutem, lutem"; a gralha: — "Não lutem", e esta situação fez o príncipe rir; os dois rivais não lhe deram atenção e começaram o combate; todos os cortesãos fizeram um círculo em volta deles. A princesa, trancada em sua torre, negou-se a assistir o espetáculo; não imaginava que seu amante estivesse na Caxemira e tinha tanto horror de Barbabu que não quis ver nada. O combate se passou da melhor forma possível: Barbabu foi morto com um golpe, e o povo gostou de ver, porque ele era feio e Rustan era muito bonito — e isso quase sempre é decisivo para ganhar a preferência do público.

O vencedor vestiu a cota de malha, a manta e o capacete do vencido e, seguido de toda a corte, ao som das fanfarras, foi se apresentar sob a janela de sua amada. Todos gritavam: — "Linda princesa, venha ver seu belo marido, que matou o desonroso rival", e as mulheres iam repetindo essas palavras. Para sua desgraça, a princesa apareceu na janela e, vendo a armadura do homem que ela odiava, correu desesperada até seu cofre chinês e de lá tirou o dardo fatal que furou seu querido Rustan na fenda da couraça. Ele solta um grito lancinante e a princesa então reconhece a voz de seu desditoso amante.

Ela desce desabalada, com a morte nos olhos e no coração. Rustan estava caído, sangrando, nos braços do príncipe. — "Que momento! Que visão terrível! Que revelação, cuja dor, ternura e horror não se podem expressar!" — diz a princesa ao vê-lo. Ela se joga sobre ele e beija-o: — "Receba os primeiros e últimos beijos da sua amante e assassina"; e, assim, retira o dardo da ferida, enfia-o em seu coração e cai morta sobre o homem que adora. O pai apavorado, enlouquecido, a ponto de morrer junto com a filha, tenta em vão chamá-la de volta à vida, mas já não é possível. Ele amaldiçoa o dardo fatal, quebra-o em pedaços, e atira longe os dois funestos diamantes. Enquanto prepara o enterro de sua filha, em vez de seu casamento, manda levar Rustan de volta a seu palácio. Ele vai ensanguentado, mas tem ainda um resto de vida.

Colocam-no em uma cama, e a primeira coisa que vê ao lado desse leito de morte são Topázio e Ébano. A surpresa devolve-lhe um pouco de sua força.

— Ah, cruéis! — disse ele. — Por que me abandonaram? Talvez a princesa ainda vivesse se vocês tivessem permanecido junto do desditoso Rustan.

— Eu não o abandonei em nenhum momento — disse Topázio.

— Estive sempre perto do senhor — disse Ébano.

— Ah! Que dizem?! Por que me insultar em meus últimos momentos? — respondeu Rustan, com uma voz lânguida.

— Pode acreditar em mim — disse Topázio. — O senhor sabe que nunca aprovei essa viagem fatal, cujas terríveis consequências eu já previa. Eu era a águia que brigou com o abutre e teve as penas arrancadas; eu era o elefante que carregava sua bagagem, para forçá-lo a voltar à sua pátria; eu era o asno rajado que o levava para a casa de seu pai contra sua vontade; fui eu que deixei os cavalos fugir, que fiz a torrente que impediu a caravana de passar; que ergui a montanha que fechava para o senhor este caminho tão funesto; eu era o médico que aconselhou-lhe o ar de sua terra natal; eu era a gralha do campo que gritou para que o senhor não lutasse.

— E eu — disse Ébano — era o abutre que depenava a águia, o rinoceronte que dava cem cabeçadas no elefante, o camponês que batia no asno rajado, mercador que lhe deu os camelos para correr para sua perdição; eu construí a ponte por que o senhor passou; eu fiz a galeria que o senhor atravessou; eu era o médico que o encorajava a andar, o corvo que gritava para que o senhor lutasse.

— Lembre-se do oráculo — disse Topázio. — Se vais ao oriente, estarás no ocidente.

— Sim — disse Ébano —, aqui sepultamos os mortos com o rosto virado para o ocidente. O oráculo foi claro, o que você não compreendeu? Se tu possuis, não possuirás: pois você tinha o diamante mas ele era falso, e você não sabia. Você é vencedor e morre, é Rustan, mas deixará de ser: tudo se cumpriu.

Enquanto falava, quatro asas brancas cobriram o corpo de Topázio e quatro asas negras cobriram o de Ébano.

— Que vejo? — assustou-se Rustan.

Topázio e Ébano responderam juntos:

— Vê seus dois gênios.

— Ó, o que os senhores estão tramando? — perguntou o desditoso Rustan. — E para que dois gênios para um pobre homem?

— É a lei — disse Topázio. — Cada homem tem dois gênios, foi Platão quem primeiro disse isso, e depois muitos outros repetiram. Nada é mais verdadeiro, veja: eu sou seu gênio bom, minha tarefa era olhar por você até o último instante de sua vida, função que cumpri fielmente.

— Mas se seu emprego era servir-me — disse o moribundo — então minha natureza é muito superior à sua; e depois, como ousa dizer que é meu gênio bom se deixou que eu me enganasse em tudo que fiz e agora deixa-nos morrer miseravelmente, a mim e a minha amada?

— Ora, esse era seu destino — disse Topázio.

— Mas se é o destino que faz tudo, para que serve um gênio? E você Ébano, com suas quatro asas negras, provavelmente é meu gênio mau.

— Exatamente — respondeu Ébano.

— E era também o gênio mau da minha princesa?

— Não — disse Ébano — ela tinha o dela, e eu o secundei totalmente.

— Ah, maldito Ébano! Se você é assim tão ruim, então não pertence ao mesmo senhor que Topázio? Vocês se formaram de dois princípios diferentes, um bom e um ruim?

— Não é uma consequência — disse Ébano —, mas é uma grande dificuldade.

— Não é possível que um ser favorável tenha feito um gênio tão funesto — disse o agonizante.

— Possível ou não — retrucou Ébano —, a coisa é como estou dizendo.

— Ó, meu pobre amigo, não vê que esse velhaco tem ainda a malícia de fazê-lo discutir, para esquentar seu sangue e adiantar a hora da sua morte? — disse Topázio.

— Ora, vá! Não pense que estou muito mais satisfeito consigo do que com ele — disse o triste Rustan. — Pelo menos ele confessa que quis me fazer mal; e você, que pretendia me defender, não me ajudou em nada.

— Sinto que tenha sido assim — disse o gênio bom.

— Eu também — disse o moribundo. — Há algo por trás disso que não compreendo.

— Nem eu — disse o pobre gênio bom.

— Mas entenderei num instante — disse Rustan.

— É o que veremos — concluiu Topázio.

Então tudo desapareceu. Rustan viu-se na casa de seu pai, de onde não havia saído, estava em sua cama e dormira por uma hora. Ele desperta sobressaltado, todo suado e completamente perturbado; apalpa seu corpo, chama, grita, toca a sineta. Seu criado de quarto, Topázio, aparece de touca, bocejando.

— Estou morto? Estou vivo? — gritava Rustan. — A bela princesa da Caxemira sobreviverá?...

— Creio que meu senhor sonhou — respondeu friamente Topázio.

— Ah! E onde está o bárbaro Ébano, com suas quatro asas negras? — perguntou Rustan. — Foi ele quem me fez morrer de modo tão cruel.

— Deixei-o lá em cima, roncando; o senhor quer que o mande descer?

— Aquele celerado! Há seis meses que me persegue. Foi ele que me levou à fatal feira de Cabul, ele que escamoteou o diamante que a princesa me havia dado, ele é o único responsável pela minha viagem, pela morte da princesa e por ela ter lançado o dardo que me matou na flor da idade.

— Procure se acalmar — disse Topázio. — O senhor

nunca foi a Cabul e não existe nenhuma princesa da Caxemira: o príncipe só teve dois meninos, que estão no colégio. O senhor nunca teve diamante algum, a princesa não pode estar morta, visto que nem nasceu; e sua saúde vai maravilhosamente bem.

— Como? Então não é verdade que você assistiu à minha morte na cama do príncipe da Caxemira? Você não confessou que, para me proteger de tantas desgraças, transformou-se em águia, elefante, asno rajado, médico e gralha?

— Senhor, tudo isso foi um sonho. Nossas ideias independem de nós tanto no sonho quanto na vigília. Deus quis que essas ideias todas tivessem passado por sua cabeça, provavelmente para dar algum ensinamento do qual o senhor tirará proveito.

— Você está zombando de mim — disse Rustan. — Por quanto tempo eu dormi?

— Não mais que uma hora, senhor.

— Pois então, seu lógico maldito! Como quer que em uma hora de sono eu tenha ido à feira de Cabul, voltado para casa, e seis meses depois tenha viajado para a Caxemira, e que Barbabu, a princesa e eu tenhamos morrido?

— Não há nada mais fácil e mais comum, e, na realidade, o senhor poderia ter dado a volta ao mundo e ter vivido muito mais aventuras em bem menos tempo. Não é verdade que se pode ler em uma hora o breviário da história dos persas escrito por Zoroastro? E, contudo, o breviário encerra 800 mil anos. Todos esses acontecimentos passam sob nossos olhos, um depois do outro, em uma hora. Ora, o senhor há de convir que é tão fácil para Brahma comprimi-los no espaço de uma hora quanto estendê-los em 800 mil anos: é exatamente a mesma coisa. Imagine que o tempo gira sobre uma roda cujo diâmetro é infinito. Sob essa roda imensa há um número incontável de rodas, uma dentro da outra. A roda do meio é minúscula e faz um número infinito de voltas precisamente no mesmo tempo em que a grande faz apenas uma. É claro que todos os acontecimentos, desde o início do mundo até o seu fim, podem se suceder em muito menos tempo que a centésima milésima parte de um segundo, pode-se mesmo afirmar que as coisas são assim.

— Não entendo — disse Rustan.

— Se o senhor quiser — disse Topázio —, tenho um papagaio que poderá explicar de modo mais fácil. Ele nasceu pouco tempo antes do dilúvio, viveu na arca de Noé; viu muita coisa e, entretanto, tem apenas um ano e meio. Ele lhe contará sua história, que é muito interessante.

— Então vá logo buscar seu papagaio — disse Rustan. — Ele me entreterá até eu adormecer novamente.

— Ele está na casa de minha irmã religiosa. Vou buscá-lo, o senhor ficará contente com ele. Sua memória é fiel e ele conta simplesmente, sem tentar mostrar-se espirituoso a todo momento nem fazer frases de efeito.

— Tanto melhor — disse Rustan. — É desse jeito que gosto de escutar contos.

Trouxeram-lhe o papagaio, o qual falou assim:

N.B. *mademoiselle* Catherine Vadé jamais pôde encontrar a história do papagaio entre os papéis de seu falecido primo Antoine Vadé, autor deste conto. É grande pena, dado o tempo em que viveu esse papagaio.

HISTÓRIA DE UM BOM BRÂMANE
(1759)

Em minhas viagens, encontrei um velho brâmane, homem muito sábio, cheio de espírito e muito erudito; ademais, ele era rico e, por isso mesmo, ainda mais sábio, pois, não lhe faltando nada, não precisava roubar ninguém. Sua casa era muito bem governada por três belas mulheres que se esforçavam para agradá-lo e, quando ele não estava se divertindo com elas, se ocupava da filosofia.

Perto de sua casa, que era bela, bem ornada e ladeada de graciosos jardins, morava uma velha indiana, beata, imbecil e muito pobre.

O brâmane disse-me um dia:

— Queria nunca ter nascido.

Eu perguntei-lhe por quê, e ele respondeu:

— Há 40 anos eu estudo, são 40 anos perdidos; ensino os outros, e tudo ignoro: tal estado enche minha alma de tanta humilhação e desgosto que minha vida me é insuportável. Nasci, vivo no tempo e não sei o que é o tempo; encontro-me num ponto entre duas eternidades, como dizem nossos sábios, e não tenho ideia do que seja a eternidade. Sou composto de matéria, penso, e jamais pude me instruir acerca daquilo que produz o pensamento; ignoro se meu entendimento é em mim uma simples faculdade, como a de andar ou digerir, e se penso com minha cabeça do mesmo modo que pego os objetos com minha

HISTÓRIA DE UM BOM BRÂMANE

mão. Não só o princípio de meu pensamento me é desconhecido, como o princípio de meus movimentos me é igualmente velado: não sei por que existo. Entretanto, a cada dia perguntam-me sobre todos esses assuntos: é preciso responder às pessoas e eu não tenho nada que preste para lhes dizer; falo muito e fico confuso e envergonhado de mim depois de falar. É ainda pior quando me perguntam se Brahma foi feito por Vishnu ou se eles são eternos. Deus é testemunha de que eu não sei nada, e isso se percebe em minhas respostas. Dizem-me: — "Ah, meu reverendo pai, ensine-nos como o mal inunda a Terra". Minha inquietação é tão grande quanto a daqueles que me fazem tal pergunta; às vezes digo-lhes que tudo vai o melhor possível; mas aqueles que foram arruinados ou mutilados na guerra não acreditam em nada disso, e eu tampouco: volto para casa oprimido por minha curiosidade e ignorância. Leio nossos livros antigos, e eles redobram minhas trevas. Falo com meus companheiros: uns dizem que é preciso gozar a vida e escarnecer dos homens, outros pensam saber alguma coisa e se perdem em ideias extravagantes: tudo isso aumenta o doloroso sentimento que me assola. Às vezes estou prestes a cair no desespero, quando penso que depois de todo meu estudo, não sei nem de onde vim, nem o que sou, nem para onde vou, nem o que me tornarei.

O estado deste homem causou-me verdadeira pena: ninguém era tão razoável nem tinha tanta boa-fé quanto ele. Considerei que quanto mais ele tinha de luz em seu entendimento e de sensibilidade em seu coração, mais infeliz ele era.

No mesmo dia, vi a velha senhora que morava em sua vizinhança. Perguntei-lhe se nunca se afligia por não saber como era feita sua alma. Ela não apenas não entendeu minha pergunta, como não havia nunca, nem por um minuto em sua vida, refletido sobre uma única das questões que atormentavam o brâmane; acreditava piamente nas metamorfoses de Vishnu e, uma vez que podia se lavar eventualmente com as águas do Ganges, considerava-se a mais feliz das mulheres.

Comovido com a felicidade dessa pobre criatura, voltei a meu filósofo e lhe disse:

— O senhor não se envergonha de ser infeliz quando à sua porta há uma velha que vive como um autômato, que não pensa em nada e vive contente?

— Tem razão — respondeu ele. — Cem vezes pensei comigo que seria feliz se fosse tolo como minha vizinha e, contudo, não desejo tal felicidade.

Essa resposta do meu brâmane me impressionou mais do que todo o resto: examinei a mim mesmo e vi que, com efeito, não quereria ser feliz com a condição de ser imbecil.

Propus a questão a alguns filósofos e eles concordaram comigo.

— Há, entretanto, uma gritante contradição nessa maneira de pensar — dizia eu —, pois, enfim, de que é que se trata? De ser feliz. Que importa se temos espírito ou se somos tolos? E tem mais: aqueles que são contentes têm certeza de que são contentes; mas aqueles que raciocinam não têm tanta certeza de que raciocinam bem. Fica claro, portanto, que seria preciso escolher não ter o senso comum, por pouco que este contribua para o nosso mal-estar.

Todos aprovaram minha opinião, e, entretanto, não encontrei ninguém que quisesse aceitar o negócio de tornar-se imbecil para ser feliz. Donde concluí que, se estimamos a felicidade, estimamos ainda mais a razão.

Mas, depois de refletir, parece-me uma grande insensatez preferir a razão à felicidade. Então, como se explica essa contradição? Como todas as outras. Sobre isso há muito que falar.

COLEÇÃO DE BOLSO HEDRA

1. *Iracema*, Alencar
2. *Don Juan*, Molière
3. *Contos indianos*, Mallarmé
4. *Auto da barca do Inferno*, Gil Vicente
5. *Poemas completos de Alberto Caeiro*, Pessoa
6. *Triunfos*, Petrarca
7. *A cidade e as serras*, Eça
8. *O retrato de Dorian Gray*, Wilde
9. *A história trágica do Doutor Fausto*, Marlowe
10. *Os sofrimentos do jovem Werther*, Goethe
11. *Dos novos sistemas na arte*, Maliévitch
12. *Mensagem*, Pessoa
13. *Metamorfoses*, Ovídio
14. *Micromegas e outros contos*, Voltaire
15. *O sobrinho de Rameau*, Diderot
16. *Carta sobre a tolerância*, Locke
17. *Discursos ímpios*, Sade
18. *O príncipe*, Maquiavel
19. *Dao De Jing*, Laozi
20. *O fim do ciúme e outros contos*, Proust
21. *Pequenos poemas em prosa*, Baudelaire
22. *Fé e saber*, Hegel
23. *Joana d'Arc*, Michelet
24. *Livro dos mandamentos: 248 preceitos positivos*, Maimônides
25. *O indivíduo, a sociedade e o Estado, e outros ensaios*, Emma Goldman
26. *Eu acuso!*, Zola | *O processo do capitão Dreyfus*, Rui Barbosa
27. *Apologia de Galileu*, Campanella
28. *Sobre verdade e mentira*, Nietzsche
29. *O princípio anarquista e outros ensaios*, Kropotkin
30. *Os sovietes traídos pelos bolcheviques*, Rocker
31. *Poemas*, Byron
32. *Sonetos*, Shakespeare
33. *A vida é sonho*, Calderón
34. *Escritos revolucionários*, Malatesta
35. *Sagas*, Strindberg
36. *O mundo ou tratado da luz*, Descartes
37. *O Ateneu*, Raul Pompeia
38. *Fábula de Polifemo e Galateia e outros poemas*, Góngora
39. *A vênus das peles*, Sacher-Masoch
40. *Escritos sobre arte*, Baudelaire
41. *Cântico dos cânticos*, [Salomão]
42. *Americanismo e fordismo*, Gramsci
43. *O princípio do Estado e outros ensaios*, Bakunin
44. *O gato preto e outros contos*, Poe
45. *História da província Santa Cruz*, Gandavo
46. *Balada dos enforcados e outros poemas*, Villon
47. *Sátiras, fábulas, aforismos e profecias*, Da Vinci
48. *O cego e outros contos*, D.H. Lawrence

49. *Rashômon e outros contos*, Akutagawa
50. *História da anarquia (vol. 1)*, Max Nettlau
51. *Imitação de Cristo*, Tomás de Kempis
52. *O casamento do Céu e do Inferno*, Blake
53. *Cartas a favor da escravidão*, Alencar
54. *Utopia Brasil*, Darcy Ribeiro
55. *Flossie, a Vênus de quinze anos*, [Swinburne]
56. *Teleny, ou o reverso da medalha*, [Wilde et al.]
57. *A filosofia na era trágica dos gregos*, Nietzsche
58. *No coração das trevas*, Conrad
59. *Viagem sentimental*, Sterne
60. *Arcana Cœlestia e Apocalipsis revelata*, Swedenborg
61. *Saga dos Volsungos*, Anônimo do séc. XIII
62. *Um anarquista e outros contos*, Conrad
63. *A monadologia e outros textos*, Leibniz
64. *Cultura estética e liberdade*, Schiller
65. *A pele do lobo e outras peças*, Artur Azevedo
66. *Poesia basca: das origens à Guerra Civil*
67. *Poesia catalã: das origens à Guerra Civil*
68. *Poesia espanhola: das origens à Guerra Civil*
69. *Poesia galega: das origens à Guerra Civil*
70. *O chamado de Cthulhu e outros contos*, H.P. Lovecraft
71. *O pequeno Zacarias, chamado Cinábrio*, E.T.A. Hoffmann
72. *Tratados da terra e gente do Brasil*, Fernão Cardim
73. *Entre camponeses*, Malatesta
74. *O Rabi de Bacherach*, Heine
75. *Bom Crioulo*, Adolfo Caminha
76. *Um gato indiscreto e outros contos*, Saki
77. *Viagem em volta do meu quarto*, Xavier de Maistre
78. *Hawthorne e seus musgos*, Melville
79. *A metamorfose*, Kafka
80. *Ode ao Vento Oeste e outros poemas*, Shelley
81. *Oração aos moços*, Rui Barbosa
82. *Feitiço de amor e outros contos*, Ludwig Tieck
83. *O corno de si próprio e outros contos*, Sade
84. *Investigação sobre o entendimento humano*, Hume
85. *Sobre os sonhos e outros diálogos*, Borges | Osvaldo Ferrari
86. *Sobre a filosofia e outros diálogos*, Borges | Osvaldo Ferrari
87. *Sobre a amizade e outros diálogos*, Borges | Osvaldo Ferrari
88. *A voz dos botequins e outros poemas*, Verlaine
89. *Gente de Hemsö*, Strindberg
90. *Senhorita Júlia e outras peças*, Strindberg
91. *Correspondência*, Goethe | Schiller
92. *Índice das coisas mais notáveis*, Vieira
93. *Tratado descritivo do Brasil em 1587*, Gabriel Soares de Sousa
94. *Poemas da cabana montanhesa*, Saigyō
95. *Autobiografia de uma pulga*, [Stanislas de Rhodes]
96. *A volta do parafuso*, Henry James
97. *Ode sobre a melancolia e outros poemas*, Keats
98. *Teatro de êxtase*, Pessoa
99. *Carmilla — A vampira de Karnstein*, Sheridan Le Fanu

100. *Pensamento político de Maquiavel*, Fichte
101. *Inferno*, Strindberg
102. *Contos clássicos de vampiro*, Byron, Stoker e outros
103. *O primeiro Hamlet*, Shakespeare
104. *Noites egípcias e outros contos*, Púchkin
105. *A carteira de meu tio*, Macedo
106. *O desertor*, Silva Alvarenga
107. *Jerusalém*, Blake
108. *As bacantes*, Eurípides
109. *Emília Galotti*, Lessing
110. *Contos húngaros*, Kosztolányi, Karinthy, Csáth e Krúdy
111. *A sombra de Innsmouth*, H.P. Lovecraft
112. *Viagem aos Estados Unidos*, Tocqueville
113. *Émile e Sophie ou os solitários*, Rousseau
114. *Manifesto comunista*, Marx e Engels
115. *A fábrica de robôs*, Karel Tchápek
116. *Sobre a filosofia e seu método — Parerga e paralipomena (v. II, t. 1)*, Schopenhauer
117. *O novo Epicuro: as delícias do sexo*, Edward Sellon
118. *Revolução e liberdade: cartas de 1845 a 1875*, Bakunin
119. *Sobre a liberdade*, Mill
120. *A velha Izerguil e outros contos*, Górki
121. *Pequeno-burgueses*, Górki
122. *Um sussurro nas trevas*, H.P. Lovecraft
123. *Primeiro livro dos Amores*, Ovídio
124. *Educação e sociologia*, Durkheim
125. *Elixir do pajé — poemas de humor, sátira e escatologia*, Bernardo Guimarães
126. *A nostálgica e outros contos*, Papadiamántis
127. *Lisístrata*, Aristófanes
128. *A cruzada das crianças/ Vidas imaginárias*, Marcel Schwob
129. *O livro de Monelle*, Marcel Schwob
130. *A última folha e outros contos*, O. Henry
131. *Romanceiro cigano*, Lorca
132. *Sobre o riso e a loucura*, [Hipócrates]
133. *Hino a Afrodite e outros poemas*, Safo de Lesbos
134. *Anarquia pela educação*, Élisée Reclus
135. *Ernestine ou o nascimento do amor*, Stendhal
136. *A cor que caiu do espaço*, H.P. Lovecraft
137. *Odisseia*, Homero
138. *História da anarquia (vol. 2)*, Max Nettlau

Edição _	Jorge Sallum
Coedição _	Bruno Costa e Iuri Pereira
Capa e projeto gráfico _	Júlio Dui e Renan Costa Lima
Desenho de capa _	Sandra Cinto
Programação em LaTeX _	Marcelo Freitas
Revisão _	André Fernandes, Bruno Costa e Rita Sam
Assistência editorial _	André Fernandes Bruno Oliveira e Pedro Augusto
Colofão _	Adverte-se aos curiosos que se imprimiu esta obra em nossas oficinas em 23 de fevereiro de 2012, em papel off-set 90 g/m², composta em tipologia Minion Pro, em GNU/Linux (Gentoo, Sabayon e Ubuntu), com os softwares livres LaTeX, DeTeX, VIM, Evince, Pdftk, Aspell, SVN e TRAC.